SÉDUCTION CYBORG

PROGRAMME DES ÉPOUSES
INTERSTELLAIRES: LA COLONIE - 3

GRACE GOODWIN

Séduction Cyborg: Copyright © 2019 by Grace Goodwin

Tous Droits Réservés. Aucune partie de ce livre ne peut être reproduite ou transmise sous quelque forme ou par quelque moyen que ce soit, électronique ou mécanique, y compris photocopie, enregistrement, tout autre système de stockage et de récupération de données sans permission écrite expresse de l'auteur.

Publié par Grace Goodwin as KSA Publishing Consultants, Inc.

Dessin de couverture 2019 par KSA Publishing Consultants, Inc.
Images/Photo Credit: Deposit Photos: fxquadro, Angela_Harburn

Note de l'éditeur :
Ce livre s'adresse à un *public adulte*. Les fessées et toutes autres activités sexuelles citées dans cet ouvrage relèvent de la fiction et sont destinées à un public adulte. Elles ne sont ni cautionnées ni encouragées par l'auteur ou l'éditeur.

BULLETIN FRANÇAISE

REJOIGNEZ MA LISTE DE CONTACTS POUR ÊTRE DANS LES
PREMIERS A CONNAÎTRE LES NOUVELLES SORTIES, OBTENIR
DES TARIFS PREFERENTIELS ET DES EXTRAITS

Cliquez ici

1

Lindsey Walters, Cale du Vaisseau Terrien Jefferson

Mon cauchemar commençait toujours de la même manière. Le soleil me réchauffait le visage et je ne pouvais m'empêcher de sourire. Mon fils, Wyatt, marchait à mes côtés, sa jolie petite bouille enthousiaste alors que je le conduisais vers son endroit préféré, le parc situé près de notre appartement.

Je portais une robe d'été à rayures jaunes et blanches, que ma mère et Wyatt m'avaient choisie pour la fête des Mères. Son col était orné de pâquerettes jaunes avec des tiges vertes. La petite tête blonde de mon fils m'arrivait à peine à la taille et sa main était chaude et potelée, si petite et si douce dans la mienne.

Son père ne faisait plus partie de ma vie depuis longtemps, un petit ami de la fac qui s'était enfui comme un lâche en entendant le mot *enceinte*. Ça n'avait pas été une grande perte. Avec lui, le sexe était tiédasse. Pas d'étincelles. Aucun homme n'avait jamais réussi à vraiment me faire prendre mon pied. Je n'avais plus jamais entendu parler de lui et j'avais refusé d'inscrire son nom sur l'extrait de naissance de Wyatt. À mes yeux, ce n'était qu'un donneur de sperme incapable de me faire jouir.

Wyatt était à moi et je ferais n'importe quoi pour lui. Mentir, tromper, voler, tuer. C'était mon bébé aux yeux bleu pâle et aux fossettes qui me faisaient craquer.

Les oiseaux chantaient et une petite brise agitait la cime des arbres. Wyatt leva la tête et me fit un sourire... Mon cœur faillit exploser tant je l'aimais, puis tout changea.

Nous nous trouvions dans la voiture. Un crissement de pneu. Des bris de verre. Mon bébé qui criait, puis pleurait... puis le silence.

Du sang. Partout.

L'hôpital, des murs blancs et des infirmières aux yeux remplis de pitié.

Le petit corps brisé de Wyatt, inconscient dans la salle de réveil, le docteur qui m'expliquait qu'il risquait de perdre sa jambe. De ne plus jamais pouvoir remarcher sans souffrir. De ne jamais courir. De ne jamais rejouer dans le bac à sable qu'il aimait tant.

Mon cœur battait la chamade, comme toujours, mais je connaissais bien ce rêve. Lorsque je regardai alentour, je m'attendais à voir ma mère endormie sur la chaise dans un coin de la chambre d'hôpital de Wyatt, avec des vêtements froissés et des rides marquées autour de ses yeux bleus perçants. Les yeux de Wyatt. Il les tenait d'elle.

Au lieu de la chambre d'hôpital et du regard inquiet de ma mère, c'était un homme qui se tenait derrière moi, ses yeux sombres aussi perdus que les miens.

Ma main se mettait à me brûler et ma drôle de tache de

naissance se mit à me gratter comme si j'avais été piquée par une guêpe. Ça faisait mal, mais pas trop. C'était surtout... surprenant.

« Qui es-tu ? » demanda-t-il dans mon rêve, sa voix grave.

Je clignai lentement des yeux et la chambre d'hôpital s'évanouit. Wyatt disparut et il ne resta plus que moi... et *lui*. Et nom de Dieu, il était canon. Super sexy et j'avais envie de le lécher partout.

Ce rêve-là était beaucoup mieux que celui de l'hôpital, celui que je faisais presque toutes les nuits. Je savais que dans le monde réel, Wyatt était en sécurité dans son lit, que l'accident de voiture avait eu lieu trois mois plus tôt, que ma mère le surveillait en attendant que je puisse rentrer de cette mission dangereuse. Wyatt n'était pas là. Ce n'était pas réel. Rien de tout ça n'était réel.

Mais l'homme se tenait là, immobile, tel un prédateur qui regardait sa proie alors qu'il attendait ma réponse.

« Je suis Lindsey, » dis-je.

Il marcha vers moi dans cet endroit qui n'existait pas. Il n'y avait ni murs, ni sol. C'était comme se tenir dans un épais brouillard, à se regarder. Je restai à ma place alors qu'il se rapprochait, impatiente qu'il me touche, que ce fantasme mis en place par mon esprit stressé suive son cours. J'avais bien besoin d'une pause. Et si j'avais un peu trop regardé Superman et que mon corps voulait m'offrir une version plus sombre et plus sexy de mon superhéros préféré... Eh bien, j'allais en profiter.

Alors qu'il avançait, je dus pencher la tête en arrière et je réalisai qu'il faisait au moins deux mètres, peut-être plus, et qu'il était bâti comme un joueur de football américain. Ses cheveux étaient si bruns qu'ils étaient presque noirs, ses yeux d'un marron profond et séducteurs aussi foncés que mon café préféré, mais avec des paillettes d'or autour des pupilles. Sa peau était olivâtre, lisse et parfaite, un vrai Adonis. Il avait une barbe de trois jours qui, je le savais, me laisserait des marques sur les seins s'il m'y embrassait. Mes tétons durcirent lorsque j'imaginai ses lèvres pleines les sucer. Il portait des bottes noires, un pantalon noir et un tee-shirt noir qui auraient pu venir de n'importe où. Passe-partout, mais je me fichais des détails. Je me fichais de savoir d'où il venait, parce que d'où qu'il soit, il se trouvait dans *mon* rêve, à présent. Le mien.

Avec lenteur, il me passa une main dans les cheveux, joua avec mes mèches blondes d'un air fasciné. Je m'étais attendu à ce qu'il soit brusque, sa taille trop grande pour autant d'hésitation, mais je m'étais trompée. Il était extrêmement doux. Il était tendre, et sa voix aussi.

« Lindsey. Tu ne peux pas être réelle. »

Je ne pus contenir mon sourire. Pas réelle ? Évidemment. Rien de tout cela n'était réel. Impossible. Mais je sentais la chaleur de sa paume sur mon crâne, qui me picotait presque.

« Quel est ton nom ? demandai-je.

— Kiel. Je suis un Chasseur. »

Un Chasseur ? Eh bien, n'était-ce pas carrément compatible avec mon fantasme de superhéros sexy ? Miam.

« C'est moi que tu viens chasser ? »

Pitié, dis oui. Pitié, pitié, dis oui.

Il pouvait me chasser, me déshabiller, me plaquer contre le mur et me baiser jusqu'à ce que je hurle. Je n'avais jamais eu d'orgasme sans l'aide de mon meilleur ami à piles. Aucun homme ne m'avait touché depuis cinq ans.

Pas depuis Wyatt. Pas depuis le donneur de sperme. Être mère célibataire compliquait ma vie sentimentale. Dès que j'avais un rencard, j'avais l'impression de faire passer des auditions pour un père de substitution et, jusqu'à présent, aucun homme ne s'était montré à la hauteur de Wyatt. Et si j'en avais trouvé un ? Aucun homme n'aurait voulu se retrouver d'un coup avec une famille sur les bras. J'étais trop jeune, vingt-quatre ans seulement, et les types de mon âge s'intéressaient plus au nombre de bières qu'ils pourraient boire le vendredi soir qu'au fait d'emmener un enfant de quatre ans à la maternelle et de lui préparer son déjeuner. J'avais un passé, ce qui me condamnait à dormir toute seule.

Sauf qu'à présent, Kiel me touchait, et j'en voulais plus. J'en mourais d'envie.

Je n'avais pas fait de rêve aussi délicieux depuis... Eh bien, depuis toujours.

Il me dévisageait, ses doigts toujours dans mes cheveux, à caresser mes mèches entre le pouce et l'index comme s'il pouvait me goûter à travers sa peau. Il ferma les yeux, et je dus me faire violence pour ne pas lui toucher le visage, passer la paume sur sa barbe de trois jours. Ses lèvres étaient larges et pulpeuses, et j'avais envie de les toucher, elles aussi.

« Je n'arrive pas à te sentir, » dit-il.

Bizarre. Mais bon, pas grave. Je pris une grande inspiration et goûtai l'air de ce drôle de paysage irréel. Rien. Étrange.

« Moi non plus, je n'arrive pas à te sentir. »

Il ouvrit les yeux et les pointa sur mes lèvres, comme des lasers.

« J'ai envie de t'embrasser. »

Bon sang. Cet homme parfait allait-il me sauter dessus, oui ou non ? Pour un rêve érotique, c'était n'importe quoi. J'avais envie de lui. Tout de suite. Je n'avais pas envie de parler. Il n'avait pas besoin de me dire de quoi il avait envie.

Il pouvait prendre ce qu'il voulait, tout simplement. Oh, pitié, il pouvait prendre *tout* ce qu'il voulait.

S'il ne se mettait pas à me dévorer, j'allais me réveiller avant d'arriver au bon moment. Je voulais qu'il me déshabille. Qu'il m'emplisse de son membre énorme. Que mon corps soit parcouru par des vagues de plaisir alors qu'il enchaînerait les coups de reins plus vite que n'importe quel autre homme.

Mon sexe se contracta et j'eus le souffle coupé. Et puis merde. C'était mon rêve. Je n'avais jamais autant désiré un homme. Jamais. Pas une seule fois. Je n'allais pas gâcher ma chance.

Je levai les mains, les enfouis dans ses cheveux soyeux et le tirai vers moi.

« Arrête de parler et déshabille-toi. »

Bon sang, j'étais une dévergondée, mais j'avais envie de lui. À fond. L'homme du rêve se fichait que je sois célibataire ou mariée, mère ou vierge. Il ne pèserait pas le pour et le contre avant de décider s'il était prêt à prendre en charge un enfant de quatre ans. Avec un peu de chance, il me prendrait bien comme il faut et me laisserait un bon souvenir.

J'écrasai ses lèvres avec les miennes, puis lui sautai dessus et lui passai les jambes autour des hanches. Son érection frottait pile au bon endroit et je poussai un grognement en ondulant contre son pantalon noir et fin. Je savais que j'étais mouillée.

Il se figea sous mon assaut et j'interrompis notre baiser, frustrée. J'allais pleurer. Était-ce encore un cauchemar ? Un nouveau genre de torture mis au point par mon cerveau ? Était-ce ma culpabilité de mère qui atteignait de nouveaux sommets ? De la culpabilité parce que j'avais abandonné mon enfant ? De la culpabilité parce que j'avais pris ce risque. ? De la culpabilité parce que mon fils souffrait, alors que je m'étais sortie de l'accident avec seulement quelques égratignures ?

Je me penchai en avant et posai le front contre sa joue, en ravalant mes larmes. Pourquoi ne bougeait-il pas ? C'était *mon* rêve, bon sang ! Et dans *mon* rêve, cet homme sublime me baiserait de toutes ses forces, me ferait crier. Il aurait tellement envie de moi que rien ne pourrait l'arrêter, rien ne se mettrait en travers de son chemin. Il trouverait que j'étais la femme la plus belle et la plus désirable qu'il n'ait jamais vue.

Je gémis, puis poussai un soupir.

« Allez, homme de mes rêves. S'il te plaît. »

Je lui embrassai la joue, puis la mâchoire, et sentis sa barbe drue sur mes lèvres. La frustration s'empara de moi, car je ne pouvais pas le goûter. Pas vraiment. Il était chaud, mais il n'était pas... réel. Je m'en fichais. Ses mains qui se refermaient dans le creux de mes reins paraissaient réelles. Son érection qui frottait contre ma culotte aussi.

« Tu n'es pas réelle, insista-t-il, mais ses mains descendirent pour se refermer sur mes fesses et je gémis alors qu'une vague de chaleur me parcourait le corps.

— C'est important ? » demandai-je en remontant mes lèvres sur son menton, puis sur sa bouche, avant de répondre pour lui. Ce n'est pas important.

À la seconde où je gagnai la lutte, je sentis quelque chose changer en lui. Tout son corps bougea, plein d'une puissance pure. Ses muscles roulèrent sous son tee-shirt et il écrasa ses lèvres sur les miennes, prenant ce que j'avais tant voulu lui donner. Je m'ouvris à son baiser, et sa langue trouva la mienne, pillant ma bouche avec une faim aussi désespérée que la mienne.

Oui. Oui. *Oui !*

Il me retira ma robe et je ris lorsqu'il déchira ma fine

culotte. Je ne portais pas de soutien-gorge, car mes seins menus n'en avaient pas besoin. Avec les autres hommes, je paniquais toujours au moment de me déshabiller. J'étais bizarrement proportionnée, mes hanches et mes fesses larges et rondes, ma taille fine, mais je ne faisais qu'un bonnet A depuis que j'avais mis mon fils au monde. Encore un secret que personne ne vous révélait sur les joies de la maternité : les seins qui rétrécissent.

Mais avec lui, je m'en fichais. Je penchai la tête en arrière et le laissai m'admirer alors que je déchirais son tee-shirt. Quelques instants plus tard, le bout de tissu disparut, tout comme le reste de ses vêtements et je remerciai le dieu des rêves de l'avoir mis à nu. De gros muscles fermes, un physique puissant, des cheveux bruns. Mon Superman. Et puis il y avait son sexe…

Comme je l'avais voulu, il me fit reculer et, soudain, une surface dure et lisse se matérialisa derrière mes épaules, solide, froide et incassable. Une pièce se forma autour de nous et je clignai lentement des yeux, remarquant à peine ce qui nous entourait. Un lit. Une chaise. Très spartiate. Militaire. Pas de coussins ou de tapis au sol. Pas de couleurs, de fleurs ou de tableaux, pas même des motifs sur les draps.

Noir. Gris. Marron.

J'allais faire un commentaire, mais Kiel pencha la tête sur mon sein et je fermai les yeux, lui tirant les cheveux pour qu'il s'approche, qu'il m'en donne plus. Sa main se balada sur mes fesses pour trouver mon antre mouillé et il me pénétra avec deux doigts sans prévenir. Je me cambrai, et je poussai un sifflement face à cette intrusion délicieuse. J'étais serrée, et ses doigts étaient épais. Je sentais tout, chaque mouvement de ses doigts agiles.

Je faillis jouir sur le champ et mon sexe se referma sur lui comme un poing.

« Vas-y, soufflai-je. Baise-moi, nom de Dieu. Baise-moi. »

En quoi m'étais-je transformée ?

Comme s'il s'était retenu tout ce temps et que ses liens s'étaient enfin rompus, il enleva ses doigts, m'agrippa par les hanches pour me placer au-dessus de son sexe et s'immobilisa.

— Où es-tu ?

Hébétée, je me tortillai pour tenter de m'enfoncer sur son membre dur. Pourquoi s'interrompait-il maintenant ? Pourquoi *parlait-il* ?

« Quoi ? »

Je me tortillai à nouveau, mais il me cloua au mur, son beau torse musclé et ses bras me maintenant en place. Je sentais la chaleur de mon excitation qui enduisait ses doigts sur ma hanche.

« Où es-tu, Lindsey ? » répéta-t-il.

Mon cerveau embrumé n'arrivait pas à comprendre ses mots.

« Je suis en train de rêver. »

Sans déconner. Je penchai la tête en arrière et elle cogna contre le mur alors que je gémissais son nom.

« Kiel, je t'en prie. Vas-y. J'ai envie de toi. Pitié. »

Je le suppliais. Vraiment. Mais je n'avais encore jamais ressenti une chose pareille. Jamais. La marque sur ma main me brûla et il me leva les poignets au-dessus de la tête alors que je m'empalais sur son énorme sexe. J'étais trempée, mais il était si imposant que je poussai une exclamation. Je pleurnichai. J'ondulais des hanches pour le prendre plus en profondeur. Il m'ouvrait, m'emplissait, de plus en plus.

Il poussa un grognement alors qu'il me pénétrait et je levai la tête pour l'embrasser. Mais ce n'était pas moi qu'il regardait, c'était ma main. Il me serra les poignets et passa le doigt sur ma marque de naissance, son contact envoyant des morsures de plaisir droit à mon clitoris, jusqu'à ce que je me cambre en poussant un cri.

Il me donna des coups de boutoir, le visage enfoui dans mon cou comme s'il voulait me renifler, me sentir, emplir ses poumons de mon odeur. Mais il n'en était pas capable. Pas ici. Il n'y avait rien à sentir. Rien à goûter. Je me sentais chérie et trompée, tout à la fois. J'arrivais à sentir l'odeur de mon shampooing préféré, l'odeur de mon sexe humide alors que je le chevauchais. Mais c'est tout. Je ne pouvais pas le sentir lui. Le rêve ne me laissait pas le goûter. Le sentir. Bon sang, j'avais envie de le lécher de la tête aux pieds, de frotter ma joue contre son torse et de me baigner dans son odeur.

Je me demandais comment il sentait. Pins et bois ? Musc ? L'odeur de mon parfum préféré, au gingembre et au teck ?

Il entrelaça nos doigts, un geste étonnant, romantique et si étrange que j'eus peur de me réveiller. *Pas maintenant. Pitié, pas maintenant.*

« Lindsey. »

Il dit mon nom encore et encore en me mordillant la base du cou. Cette sensation eut raison de moi et je me brisai, le prenant plus profondément, me contractant autour de lui alors qu'il perdait le contrôle et qu'il m'emplissait, sa semence chaude se répandant en moi comme de la lave.

Je parvenais à sentir la chaleur qui enduisait mes parois. Et j'en voulais plus. Ce rêve ne me suffisait pas.

Quelque chose me secoua, et je bougeai, tout mon corps poussé sur le côté.

« Non ! » s'écria Kiel.

Mais il était trop tard. L'heure du rêve était terminée. Quelque chose était en train de m'arriver et il fallait que je me réveille dare-dare.

Je tentai de l'embrasser, de lui dire au revoir, mais il s'évanouit bien trop vite.

J'ouvris lentement les yeux et luttai contre les larmes. Il avait disparu et ça me faisait plus mal que je ne l'aurais pensé. J'étais de nouveau seule. Pas seule dans le sens où je n'avais pas de mari ou de compagnon avec qui partager ma vie. Non, seule, dans le sens où je voyageais dans l'espace, à des années-lumière de mon enfant souffrant. Je m'éloignais davantage de lui à chaque seconde.

Bien sûr, je n'étais pas très stable, émotionnellement parlant. J'étais terrorisée et je devais rassembler tout mon courage pour faire ce que j'avais à faire. Il fallait que j'aide mon fils. Il fallait que j'accomplisse ma mission et que je rentre sur Terre. J'avais eu deux boulots et sacrifié mes études de journalisme pour lui. Et voilà ce que ça m'avait valu. J'étais fauchée. Prête à tout pour aider mon fils. Coincée dans un container à destination d'une planète extraterrestre peuplée par des guerriers sauvages et des tueurs.

N'importe quel rêve valait mieux que ma réalité. Mais Kiel, le Chasseur, m'avait laissé le cœur serré, le sexe en manque. Il m'avait fait ressentir autre chose que de la peur, que du désespoir. Avec lui, je m'étais sentie en sécurité, chérie. Aimée. Il était puissant, assez fort pour que je me repose sur lui, pour qu'il accepte mes besoins et sans m'en vouloir. Pourquoi mon esprit était-il aussi cruel ?

J'examinai l'écran de mon armure de la Flotte de la Coalition. Les conspirateurs terriens m'avaient donné tout ce dont j'aurais besoin, selon eux. Même ma drôle de technologie qui me soulageait de mes besoins pour que je n'aie plus jamais besoin d'aller aux toilettes, tant que je restais à proximité de leurs stations technologiques. Ça, ça avait été l'un des pires « examens » de ma vie. Comme aller chez le gynécologue, mais avec des gadgets aliens insérés dans mon corps. Un frisson glacé me parcourut lorsque je me souvins du regard froid et clinique du médecin alors qu'elle m'enfonçait ce truc pour me préparer à mon voyage.

Allez, il fallait que j'arrête de penser à *ça*.

Avec un soupir tremblant, je fermai les yeux et tentai de penser à Kiel, tentai de retenir le plaisir qui s'était emparé de mon corps. Mon sexe était chaud et gonflé, les contractions de mon orgasme m'envoyant des secousses dans tout le corps. Ma main me brûlait et je la frottai à travers les gants que je portais, en me demandant si la marque que j'avais sur la peau serait vraiment rouge, ou s'il s'agissait d'une étrange illusion créée par mon esprit pour me torturer.

L'homme de mon rêve avait disparu. Le cauchemar à propos du corps brisé de mon fils avait disparu. Et la réalité ? La réalité, c'était les murs du container de la Flotte de la Coalition. Non, le noir n'était pas complet. Non, je ne suffoquais pas. Je m'étais habituée à l'odeur de terre et d'arbres dans mon coin, où j'avais un fauteuil confortable, fixé au sol. J'avais de la nourriture et de l'eau, de la lumière.

Ce n'était pas l'idéal, mais ils m'avaient donné un médicament pour m'aider à dormir. J'étais calme - trop calme - et quelque chose me disait que ce médicament marchait un peu trop bien. J'avais toujours été très sensible aux médicaments. Ils voulaient sans doute éviter que je pète les plombs en plein milieu du voyage et j'étais d'accord avec eux.

Si je pensais à l'endroit où je me rendais - à ce que j'avais à faire - trop longtemps, je risquais de perdre la tête. Je restais calme, je dormais, je me divertissais avec ma tablette et des films. Ça aurait pu être un parfait week-end glandouille, si je n'avais pas été à bord d'un vaisseau spatial lancé à pleine vitesse.

J'étais enfermée dans ce cube depuis quarante-huit

heures. Oui, je portais une armure de camouflage et un casque de la Coalition. Le médecin aux yeux plissés du centre de Préparation de Miami m'avait promis que je pouvais survivre deux semaines avec les réserves d'air et d'énergie de mon armure. Bien plus longtemps que les deux ou trois jours que prenait le voyage.

Mais je n'étais pas sûre de lui faire confiance, à cette garce. J'avais toujours mal à la tête après qu'elle m'avait enfoncé un implant dans le crâne, une Unité de Préparation Neurale, un gadget censé me permettre de comprendre toutes les langues extraterrestres que j'étais susceptible de croiser là où je me rendais. La planète prison connue sous le nom de Colonie.

La Colonie était une sorte de petit secret honteux que personne n'était censé connaître. Certains soldats terriens étaient censés s'y trouver, jetés comme des ordures par notre propre gouvernement. Quelques mois plus tôt, le sénateur Brooks, du Massachusetts, avait été averti que son neveu, un Navy SEAL qui s'était engagé dans la Flotte de la Coalition, était mort dans des circonstances mystérieuses sur cette planète lointaine. Apparemment, le capitaine Brooks avait un frère, qui se battait quelque part.

Le sénateur aimait sa sœur et elle aimait ses fils. La famille Brooks était riche et nombre de ses membres étaient de fiers guerriers et ce, depuis la guerre civile. La mère Brooks avait été furieuse d'apprendre que ses fils s'étaient engagés dans la Flotte de la Coalition. Et à présent, alors que l'un de ses fils se trouvait Dieu sait où dans l'espace et que l'autre était mort dans de drôles de circonstances... Eh bien, elle voulait obtenir des réponses.

Et elle était prête à payer pour ça. À payer. À menacer. À amadouer. À exiger. Elle était prête à faire du mal à mon fils pour découvrir ce qui était arrivé aux siens. Je comprenais la puissance de l'amour maternel. J'avais accepté cette mission pas parce que j'en avais envie, mais parce que refuser causerait d'autres souffrances à Wyatt. Mais si je réussissais, les Brooks paieraient les meilleurs médecins pour opérer mon fils.

Et ils en avaient les moyens.

Tout ce que j'avais à faire, c'était leur apprendre la vérité sur la colonie-prison. Sur la chair contaminée de nos guerriers. Sur ce qui arrivait à nos soldats.

Le capitaine Brooks avait bien servi son pays, puis s'était porté volontaire afin de rejoindre la Coalition et combattre un ennemi mystérieux que personne n'avait jamais vu. La Ruche. Les rumeurs et les suspicions de complots étaient partout. Mais ces créatures étaient censées être des êtres terrifiants tout droit sortis de *Star Trek*. Des monstres si effrayants que les gouvernements de la Terre avaient accepté d'envoyer des soldats et des épouses à la Coalition pour qu'elle nous protège d'une invasion.

Beaucoup de gens ne croyaient pas en l'existence de la Ruche. Ils pensaient que c'était un complot du gouvernement, une façon de sacrifier des gens à une entité extraterrestre inconnue sans éveiller les soupçons. D'autres pensaient que nos soldats n'étaient rien de plus que de la chair à canon. Les informations qui passaient à la télé étaient vagues. Aucune photo des membres de la Ruche ne fut jamais dévoilée. Il s'agissait simplement de méchants de l'espace, très loin d'ici, des créatures mythiques qui ne pourraient jamais nous faire de mal. Mais le gouvernement ne voulait pas que nous en sachions plus. Les puissants pensaient que si la vérité sur l'ennemi était dévoilée, ce serait la panique. Qu'il y aurait des émeutes. L'anarchie.

Ils voulaient cacher la vérité, pour notre propre bien, semblerait-il.

Je me fichais de tout ça. Tout ce qui m'intéressait, c'était Wyatt et ma mère. Si quelqu'un était prêt à me donner de l'argent pour découvrir la vérité, alors j'irais. La vérité ne m'intéressait pas. Les complots et les théories ne m'intéressaient pas. Ce qui m'intéressait, c'était l'argent que m'apporterait cette mission. L'opération que Wyatt pourrait avoir avec cet argent. Ce qui m'intéressait, c'était de soigner mon fils.

Et si j'échouais ? Eh bien, j'en paierais aussi le prix. Ils lui feraient du mal. Ils tueraient ma mère et tortureraient mon fils. Ils avaient choisi de me cacher les détails jusqu'au moment fatidique.

Mais je les croyais capables de mettre leurs menaces à exécution. Quelque chose dans le regard fanatique de Mme Brooks m'avait donné des frissons. Elle avait perdu ses fils et apparemment, son esprit avait perdu toute morale. Mais il était trop tard pour reculer, à présent. La *seule* chose sur laquelle il fallait que je me concentre, c'était de rentrer retrouver Wyatt, qui était sans doute en train de dormir sous sa couette Power Rangers avec Ronron, son Tigre en peluche, coincé sous le menton.

Les extraterrestres n'étaient pas ma plus grande peur. Mais le fait que Wyatt ne puisse plus marcher normalement, qu'il soit obligé de regarder les autres petits garçons courir et jouer, sans pouvoir les rejoindre ? Ça lui briserait le cœur et je refusais que mon bébé souffre.

Et les menaces que les Brooks avaient proférées contre lui ? Je ne pouvais même pas y penser ? Je ne pouvais pas me permettre d'échouer.

Je sursautai quand le container bougea et fut soulevé dans les airs par une grue.

Tout se passait exactement comme on me l'avait dit.

Deux jours à bord du vaisseau et j'étais arrivée sur la

Colonie. Nous avions atterri quelques heures plus tôt et le vrombissement des moteurs avait bien failli m'arracher les dents pendant la descente. Il y avait eu une légère secousse lorsque nous nous étions posés. Et à présent, au bout de quelques heures, j'étais débarquée, empilée dans leur nouvelle aire de stockage. Mon container comportait des graines de la Réserve de Graine Globale Salvard. J'avais tellement examiné leur logo que j'aurais pu le dessiner les yeux fermés.

Apparemment, la Colonie cherchait à terraformer leur nouvelle planète pour la rendre plus attrayante. Ils faisaient venir des plantes de toutes les planètes de la Coalition. J'avais dormi à côté d'un érable de dix mètres de haut, d'un orme et d'un acacia. Il y avait également des plantes en tout genre et des boutures. Des arbres trop grands pour être envoyés via leur précieuse technologie de téléportation.

Nous nous rendions sur la Base 3, où le gouverneur avait, selon mes sources, récemment été accouplé grâce au Programme des Épouses Interstellaires à une terrienne. Tout ça, c'était pour elle. La dévotion du gouverneur – ou son obsession, diraient les mauvaises langues – était si extrême qu'il créait un jardin terrien rien que pour elle. Si j'avais pu m'infiltrer sur cette planète, c'était grâce à une femme appelée Rachel que je n'avais jamais vue.

Les moyens de se rendre sur la planète étaient limités. Aucun terrien n'y était admis, à moins qu'il ne s'agisse d'un guerrier de la Coalition ou d'une épouse. Je n'étais pas du genre guerrière. Je n'avais même jamais touché à une arme à feu. L'autre option, c'était de se porter volontaire pour le Programme des Épouses, mais je ne remplissais pas les critères. J'avais Wyatt. J'étais mère. En plus, devenir la compagne d'un extraterrestre ou quitter la Terre ne m'intéressait pas.

Non. Je voulais simplement découvrir la vérité et rentrer chez moi. Et c'est ainsi que je m'étais retrouvée dans un container entourée par des arbres, comme un colis postal.

Je ne savais pas pourquoi une planète prison avait le droit de recevoir des livraisons. Mais c'était justement la raison de mon voyage. Découvrir des choses sur la Colonie. Révéler ses secrets. Informer les gens de ce qui s'y passait vraiment. Le container était vraiment rempli d'arbres, de fleurs, de boutures et de bulbes. Aucune arme n'y était dissimulée. J'avais eu deux jours de voyage pour m'en assurer. Alors, cette livraison était-elle réellement un cadeau du gouverneur à sa compagne bien-aimée ? Si c'était le cas, pourquoi étais-je vêtue d'une armure et pourquoi m'avait-on ordonné d'éviter de me faire repérer à tout prix ? Cette fichue armure enregistrait tout, chaque battement de cœur et chaque clignement d'yeux, chaque seconde d'activité, tout ce que je voyais ou entendais. Si cette planète prison était si dangereuse, pourquoi tous ces arbres ?

Peu importe. Peu importe. *Tu entres, tu trouves les infos et tu rejoins Wyatt.*

Eh merde. L'armure. Ces enfoirés téléchargeraient sans doute les données et s'apercevraient que j'avais eu un orgasme. J'espérais que non. Pitié, faites que non. Il valait mieux ignorer certains détails.

Rêver d'un dieu grec musclé qui me plaquait contre un mur jusqu'à me faire hurler ? Ouaip. Mieux valait que ça reste privé.

La caisse se posa avec un petit bruit et je regardai l'heure. Je devais attendre vingt minutes exactement avant d'utiliser les outils qu'ils m'avaient fournis pour ouvrir les verrous, retirer le panneau latéral, le remettre en place, puis me cacher et observer. J'étais censée rester cachée pour trouver des informations. C'est tout. Dans trois jours, je devais regagner le container pour le voyage de retour. Je vérifiai l'écran que j'avais à mon poignet et poussai un soupir de soulagement en m'apercevant que le minuteur fonctionnait. Soixante-dix heures et cinq minutes avant mon retour à la maison.

J'avais une carte de la base, mais on m'avait dit de ne pas trop m'y fier. Les informations dataient d'au moins cinq mois et les choses évoluaient vite. Des pièces vides pouvaient avoir été remplies.

Mais je savais me faire toute petite et j'étais rapide. Au lycée, j'étais gymnaste. J'étais capable d'escalader des murs et de me suspendre aux poutres, si besoin.

Lorsque le minuteur dit que vingt minutes et deux secondes avaient passé, je pris deux grandes inspirations et j'enfilai mon casque avant de prendre ma petite perceuse et de me mettre au travail. Dire que j'étais impatiente de sortir de la caisse aurait été un euphémisme. Je n'avais jamais été claustrophobe, mais j'étais prête à respirer un peu d'air frais, même à la fenêtre.

Cinq minutes plus tard, j'étais libre et j'avais replacé le panneau latéral. Je respirai pour calmer mon cœur tambourinant. Seigneur, j'y étais vraiment. Je regardai autour de moi. Les lumières principales étaient éteintes dans la salle de livraison et seules quelques lumières d'urgence donnaient à la pièce une lueur blanche. Chaque caisse et arbre dessinait une ombre menaçante.

J'étais seule sur une planète inconnue, mais je me sentais pourchassée. Observée.

Même les arbres semblaient me surveiller.

Je chassai cette impression et me faufilai jusqu'à un coin de la salle pour chercher les conduits. La carte que j'avais indiquait le système d'aération, ses entrées assez grandes pour que je puisse m'y tenir debout. Les conduits formaient un labyrinthe sous la base. Je tentai de ne pas penser à ces espaces exigus. Je pris une grande inspiration et pensai à mon fils.

Il n'avait pas besoin d'une mère terrifiée et faible. Il avait besoin que je me montre forte.

Et, comme un rat, je pénétrai dans le labyrinthe. Je n'avais pas d'autre choix que de tenter d'y survivre.

2

Kiel, Chasseur Evérien, La Colonie

Les parois mouillées de son sexe se contractaient sur mon membre. J'avais tenté de me montrer doux, de me retenir, mais ça n'avait pas marché. Pas alors que sa voix douce me suppliait de la baiser. Elle voulait que je l'emplisse. Je n'avais pas l'intention de lui refuser ce plaisir, ni de m'en priver.

Je n'étais pas du genre à laisser les femmes me dire ce que je dois faire. C'était moi qui tenais les rênes. J'étais puissant. J'étais protecteur, dominateur. Mais quand son sexe s'était posé sur mon gland, c'était elle qui avait eu tous les pouvoirs et j'avais dû me soumettre à elle. Et une fois enfoncé profondément en elle, alors que mon orgasme montait dans mon échine, j'avais baissé les bras. Je l'avais prise. Fort. Profondément. Avec des coups de reins bien placés, je l'avais conduite à l'extase. Ses ongles plantés dans mon dos m'avaient fait perdre la tête à mon tour. Ses talons plantés dans mes fesses, qui m'enfonçaient davantage en elle. Sa voix alors qu'elle criait de plaisir.

Mais c'est mon rugissement alors que je jouissais qui me réveilla. Il n'y avait pas de femme plaquée contre le mur. Pas de femme dans mes bras, pressée contre mon érection. J'étais seule dans mon lit et je venais de m'éjaculer dessus. Mon poing était refermé sur mon sexe frémissant et de la semence continuait d'en couler. Il y en avait tellement. Trop. Je ne me souvenais pas d'avoir déjà joui aussi fort et, pourtant, aucune femme ne me suppliait de la prendre. Il ne restait même pas son odeur. Rien. Rien, à part le rêve que j'avais fait, et mon corps se contracta si fort que j'eus l'impression que mes muscles allaient déchirer ma peau.

J'avais le souffle court, la peau brûlante. Le simple contact du drap contre ma peau était trop. Je le repoussai, sentis ma semence chaude sur mes cuisses. Je fermai les yeux et savourai les vestiges de mon orgasme incroyable. Je soufflai lentement, me laissai aller à cette léthargie postcoïtale, mais il n'y avait pas eu de rapport sexuel. Non, j'avais fait un rêve érotique, comme un adolescent surexcité. J'avais été incapable de maîtriser mes instincts, mes besoins. Ils avaient été hors de contrôle.

Je me caressai pour chasser les dernières gouttes de jouissance. Mon ventre était couvert de cette essence blanche qui était en train de refroidir.

« Eh merde. »

Qu'est-ce qui venait de se passer, bon sang ? Est-ce que la Ruche avait réussi à rentrer dans ma tête ? Avait-elle trafiqué mon esprit comme elle avait trafiqué mon corps ?

Toutes ces heures où la Ruche avait essayé de me forcer à me reproduire pour elle, à leur donner ma semence, à baiser leurs robots femelles, je m'étais maîtrisé.

Et à présent ? Un regard vers elle, vers Lindsey et j'avais failli. J'avais perdu toute volonté de résister. De lutter.

C'était forcément un piège, une illusion. Aucune femme de la Colonie ne lui ressemblait. Aucune femme seule ne parcourait les couloirs la nuit, assez près pour que je reconnaisse l'appel d'une compagne marquée et que je partage un rêve avec elle.

C'était ce qu'il y avait de plus cruel, pas le fait que le rêve ait été agréable, mais le fait qu'elle m'ait plié à la volonté de la Ruche – non, à sa volonté à elle.

J'attrapai mon drap et m'essuyai la main, puis le reste du corps. Ma peau était humide, pas à cause de mon sperme, mais de ma sueur. Ce rêve avait été chaud. Lourd. Mon sexe était toujours en érection. Il était toujours dur, toujours prêt à baiser.

À la baiser elle.

Elle.

Ma compagne.

Je m'assis et pliai les genoux, mon sexe impatient pressé contre mon ventre. C'était la preuve que ce que me disait mon esprit était la vérité. Mon sexe le savait.

Ma compagne était proche. Assez proche pour partager un rêve avec moi.

Je regardai la paume de ma main, m'attendant à ne rien y voir. Au lieu de cela, j'osai à peine respirer en examinant la marque rouge et brûlante qui avait été en sommeil toute ma vie. La marque de naissance des lignées évériennes chauffait. Picotait. S'éveillait.

Mais c'était impossible.

Alors même que je pensais ces mots, mon corps me disait le contraire. *Compagne.*

Lindsey. Ma compagne s'appelait Lindsey et elle avait de magnifiques cheveux clairs. Si doux entre mes doigts.

Son corps était parfait, ses hanches larges et potelées. Mes mains s'étaient enfoncées dans sa chair lorsque je l'avais soulevée, que je l'avais maintenue en place alors que je la prenais profondément. Ses tétons étaient pointus, fermes et chauds contre ma langue. Ses cris de plaisir résonnaient encore dans ma tête.

Lindsey.

Ce n'était pas normal. Aucune compagne ne m'attendait ici. Aucune compagne ne viendrait sur la Colonie. Nous étions bannis, exilés. Condamnés à vivre seuls. Sans compagne, sans famille. Rien d'autre que les souvenirs des batailles et des tortures infligées par la Ruche. Rien d'autre qu'un paysage aride et accidenté, comme nos cœurs.

Mais à présent ? Le plaisir s'éternisait. Mon sexe se contractait, prêt à recommencer. Je l'*avais* baisée. Je l'avais vue, entendue. Nous avions partagé quelque chose.

J'attrapai ma main et passai le pouce sur la marque qui était chaude, désormais, et qui pulsait. Éveillée pour la première fois.

Mais comment ?

Les Evériens partageaient des rêves lorsque leurs compagnons marqués étaient à proximité. J'étais vieux, trop vieux pour espérer trouver ma compagne marquée. C'était déjà assez difficile sur Evéris ; beaucoup de compagnons ne parvenaient pas à se trouver. Mais ici, sur la Colonie ? Impossible. Il n'y avait aucune femme, sauf les quelques compagnes assignées à des guerriers grâce au Programme des Épouses Interstellaires. Et celles qui avaient été des guerrières de la Coalition et qui avaient réchappé aux atrocités de la Ruche. Elles vivaient sur la Base 6, à l'autre bout de la planète. Elles étaient là depuis assez longtemps pour que ma marque se soit déjà éveillée, si l'une d'entre elles m'était destinée. Non, elles n'étaient pas faites pour moi.

Contrairement à Lindsey.

Je passai mes jambes par-dessus le bord du lit et laissai l'air sécher ma peau moite. Je me passai la main dans les cheveux, pris deux grandes inspirations pour calmer les battements de mon cœur, mais rien ne parvenait à chasser les pensées vagabondes.

Ma compagne se trouvait ici. Sur la Colonie. Elle devait être à proximité, pour que ma marque s'éveille, pour que nous partagions un rêve. Elle était proche. Assez proche pour me retrouver dans mes rêves, pour que je sache qu'elle était parfaite. Je la voulais. Mon sexe aussi.

J'en saisis la base et le caressai, en passant le pouce sous mon gland. Il fallait que je jouisse à nouveau. Mon désir pour elle était trop fort. Je ne savais rien d'elle, à part son apparence, la sensation qu'elle m'apportait lorsque je m'enfonçais en elle, ses gémissements quand elle jouissait.

Eh merde, j'allais atteindre l'orgasme et avec quelques caresses seulement. Si je ne m'étais pas souvenu du rêve, j'aurais cru que j'avais un problème. Les autres hommes évériens se comportaient-ils ainsi lorsqu'ils trouvaient leur compagne ? Se jouissaient-ils dessus ? Pas une, mais deux fois ?

Bon sang. Je me répandis sur ma main et le plaisir intense me fit serrer les dents. Je retins mon souffle. Encore. Je m'essuyai. Encore.

Je me levai et regardai mon sexe.

Toujours dur. Toujours en manque de son sexe à elle. Une veine battait sur le côté, mon gland presque violet, fâché de ne pouvoir être rassasié.

Un bip retentit, en provenance de l'unité de communication. Je me passai une main sur le visage et sentis ma barbe drue. Je me dirigeai vers la table et ramassai mon bracelet de communication.

« Chasseur Kiel, » dis-je d'un ton bourru.

Eh merde. C'était le rêve qui me rendait comme ça ?

« Kiel. On a une faille de sécurité. »

C'était le gouverneur Rone. Heureusement, s'il avait remarqué mon ton désagréable, il n'en avait rien dit. Il n'était pas très bavard et s'en tenait au strict minimum. Nous avions ça en commun et c'était peut-être pour cela que je respectais le guerrier prillon à ce point. Il ne m'aurait pas appelé pour une peccadille, ça devait être grave.

Mes capacités de Chasseur se mirent en éveil à ces mots et repoussèrent mon rêve, mais sans pouvoir le chasser complètement. Non, la marque était trop puissante. Je me mis debout, nu, en érection, alors que mon désir me courait toujours dans les veines et que je tentais de réfléchir malgré le brouillard qui m'envahissait l'esprit, le brouillard qu'*elle* causait.

Le gouverneur de notre base m'appelait pour que j'agisse comme le Chasseur que j'étais. C'était ce que j'apportais à cette planète. Mais mon désir ? L'attirance puissante que la marque exerçait sur moi ? C'était un tout autre type de chasse. Il fallait que je la trouve, que je trouve ma compagne marquée, où qu'elle se trouve, sur cette planète ou ailleurs.

Et c'était quoi, cette drôle de pièce dans mon rêve ? Le petit garçon dans le lit métallique ? La vieille dame qui dormait dans un fauteuil, toute courbée ? Était-ce chez elle ? Était-ce là que je pourrais la trouver ? *Lindsey*.

« Chasseur Kiel, » répéta le gouverneur Rone, interrompant mes pensées.

Ma marque me brûlait, me rappelant mes priorités. *La* trouver était ma mission personnelle, désormais, mais je travaillais également pour le gouverneur et pour tous les guerriers coincés avec moi sur cette planète. La Ruche avait semé le trouble sur la Colonie ces dernières semaines, infiltrant notre sanctuaire – ou notre prison, en fonction du point de vue. La Ruche avait transformé la Colonie en un endroit dangereux, incertain. Les regards méfiants que les guerriers se jetaient les uns aux autres, la peur qu'ils tentaient de cacher – la peur que la Ruche reprenne le contrôle sur leurs esprits, leurs corps –, cette idée me faisait frémir, moi aussi. J'étais né pour ne rien craindre, mais même moi, je ne pouvais pas ignorer le frisson qui me parcourait à l'idée d'être capturé une nouvelle fois.

Torturé.

Changé.

La seule façon de maîtriser cette peur, c'était la chasse. Et chasser la Ruche était ma spécialité.

« Kiel ? Vous m'entendez ?

— Oui, Maxime. Je me rends immédiatement au poste de commande, répondis-je.

— Dépêchez-vous, » dit-il avant de couper la communication.

Je me rendis à l'unité S-Gen située dans un coin de la pièce et me plaçai sur la plate-forme de scan. Les faisceaux verts démarrèrent alors que le Générateur de Matière Spontané me créait une armure et une arme toutes neuves. L'armure était celle de la Coalition, noire et grise afin d'offrir un camouflage pour la plupart des expéditions dans l'espace. Le pistolet à ions était petit et je le rangeai contre ma cuisse. L'armure était légère et confortable. Certains guerriers de la base s'étaient mis à porter des vêtements civils à nouveau, fait de tissus doux et colorés portés sur leurs planètes d'origine et tout cela égayait désormais les salles communes et la cafétéria.

Tout ça, c'était grâce aux compagnes et au semblant de normalité qu'elles avaient apporté sur cette planète qui n'avait rien de normal. Mais je me sentais nu et exposé sans mon armure, comme beaucoup d'autres guerriers. Et avec un traître toujours en liberté et la Ruche qui construisait des bases souterraines dans les grottes de la planète, j'avais besoin de chasser, pas de m'asseoir et de papoter avec les femmes en buvant du vin, comme un animal apprivoisé.

Je poussai un grognement et me remis le paquet en place. Apparemment, j'allais avoir une réunion avec le gouverneur de la Base 3 et l'équipe de sécurité avec une érection. Mon désir n'avait pas faibli et mon sexe refusait de se faire discret, quelles que soient les circonstances. J'allais simplement devoir espérer que mon armure masquerait l'évidence. Ma marque avait été éveillée et rien ne m'apaiserait, sauf le fait de trouver et de revendiquer ma compagne.

∼

« Là, » dit le gouverneur, Maxime, en me montrant l'écran vidéo.

Je suivis son doigt des yeux et vis l'intrus. L'image était très claire. Il portait l'armure des combattants de la Coalition et même un casque. Il se déplaçait avec l'agilité d'un athlète et l'assurance de quelqu'un qui savait exactement où aller alors qu'il dévissait une bouche d'aération et se glissait dans le conduit pour rejoindre les tunnels qui s'étendaient sous la base tout entière.

« De quand datent les images ? » demandai-je.

Maxime et moi nous trouvions côte à côte. J'étais aussi grand que lui, mais moins costaud que le Prillon, me permettant de me déplacer discrètement lorsque j'étais en chasse. J'étais agile et vif, mais il me fallait un entraînement constant et difficile pour rester au meilleur niveau.

« Vingt minutes. »

Le gouverneur était un guerrier puissant, qui servait désormais la Colonie grâce à ses capacités de meneur. Il avait été choisi, élu par les guerriers. Il n'y avait pas d'honneur plus grand et je le respectais. Il servait d'intermédiaire entre la Colonie et le Centre de Préparation des Épouses sur Terre et avait été accouplé, avec son second, Ryston, à une scientifique humaine brillante, brune et avec une détermination que j'admirais. Ensemble, leur lien avait redonné espoir aux habitants de la Colonie. Ils se montraient régulièrement en public ensemble, pour tenter d'inspirer les autres, les convaincre de se soumettre aux protocoles du Programme des Épouses Interstellaires. De nombreux guerriers l'avaient fait et attendaient désormais qu'on leur trouve une compagne.

J'étais tout le contraire de Maxime ; mes compétences m'envoyaient chasser dans les ombres. Invisible. Redoutable.

Pas très rassurant. Ma présence inspirait généralement la peur, pas l'espoir, malgré l'équipe que j'avais assemblée avec la chasseresse humaine, Kristin, qui était venue pour être accouplée à deux guerriers prillons, Tyran et Hunt. Cette équipe comprenait également un guerrier prillon nommé Marz, qui avait été l'un des seuls hommes en qui j'avais eu confiance pendant notre captivité aux mains de la Ruche. Et enfin, un grand Chef de Guerre atlan avec un sale caractère, Rezzer. Il luttait tous les jours contre sa bête. Et chaque jour, je me demandais si l'on m'appelait pour que j'abatte un ami.

« D'autres caméras de sécurité l'ont repéré ? » demandai-je.

C'était un changement de température dans la salle de livraison qui avait activé les détecteurs.

« Négatif, » répondit l'un des membres de l'équipe de sécurité.

Assis devant le tableau de commande, il passait le doigt sur les boutons alors que ses yeux passaient en revue les résultats qui défilaient devant nous sur les écrans. Le mur tout entier était composé d'images de la Base 3. Au début, il était difficile d'y comprendre quelque chose, tant d'endroits à observer, mais je savais que tout était bien organisé. Les écrans montraient les lieux du nord au sud, et d'est en ouest.

Le technicien, un guerrier de la planète Trion, fronça les sourcils.

« Le premier signal d'avertissement a retenti il y a vingt minutes dans la salle de livraison. Aucun détecteur ne l'a repéré dans les couloirs ni où que ce soit d'autre avant cela.

Il a bien dû venir de quelque part, » dit le gouverneur, sa voix un mélange de surprise et de frustration.

Il jeta un regard au technicien de sécurité, puis de nouveau à l'écran.

« Les données ne prouvent pas qu'il vienne d'ailleurs. C'est comme s'il venait... »

Il ne termina pas sa phrase.

« Il ne s'est pas téléporté ici, » intervins-je, disant à voix haute ce que je savais être vrai.

S'il y avait bien une chose que la Coalition contrôlait d'une poigne de fer, c'était sa technologie de téléportation. Sans autorisation, on ne pouvait aller nulle part. Aucune exception.

« Non, effectivement, confirma le deuxième technicien de sécurité. J'ai vérifié avec la station de transport. Aucune téléportation depuis deux jours. Que ce soit pour entrer ou pour sortir. »

Il était possible de se téléporter à d'autres endroits de la base, mais l'équipe en aurait été avertie, même si quelqu'un s'était passé d'autorisation. Ce genre de données étaient faciles à repérer et nous permettaient de nous assurer que la Ruche n'apparaîtrait pas de nulle part pour nous faire la guerre.

« Alors ça doit être quelqu'un qu'on connaît. Du sabotage ? »

Je ne voulais pas envisager qu'un traître puisse se trouver parmi nous.

Je regardai l'intrus traverser l'écran, son pas rapide alors qu'il sortait de sa cachette derrière le container et se rendait vers la grande bouche d'aération sur le mur ouest. Sa tête couverte par un casque tournait de gauche à droite pour inspecter la zone, mais rien ne le ralentissait. Il savait même où agiter la main sur le mur pour que le panneau d'accès apparaisse.

Ma marque me brûlait, pulsait d'une chaleur presque insupportable alors que je regardais l'écran. Je la frottai, sans succès.

« Pourquoi s'embêterait-il à entrer dans les conduits ? demanda le gouverneur. Le système tout entier est automatisé et contrôlé à distance. Même s'il voulait empoisonner l'air, ou nous gazer dans notre sommeil, ce serait impossible. »

Il se tourna vers moi et son regard rusé croisa le mien alors que je quittais l'écran des yeux. Ma main me lançait un peu moins.

« Personne n'a aucune raison d'être là, bon sang, » ajouta-t-il.

Je regardai de nouveau l'intrus, qui représentait le nouveau mystère de notre planète en péril et ma marque me brûla à nouveau.

« Sauf s'il se cache, dis-je.

— Quoi ?

— Je le trouverai, » marmonnai-je dans ma barbe.

Pourquoi ma marque réagissait-elle aussi vivement lorsque je regardais l'image de l'homme de la vidéo ? Quelque chose devait clocher chez moi, car mon sexe se pressa de nouveau contre mon armure. Certains hommes étaient attirés par d'autres hommes, mais ce n'était pas mon cas. Ce qui me faisait bander, c'était les courbes féminines, les seins moelleux contre mes paumes, la chaleur mouillée d'une chatte. Je voulais une compagne. Au *féminin*. Je voulais Lindsey. Après le rêve que nous avions partagé, c'était la seule que je voulais. Ma marque n'accepterait personne d'autre.

Alors pourquoi mourais-je d'envie de poursuivre l'enfoiré du conduit d'aération ? Mon désir pour ma compagne aiguisait-il mes instincts de chasseur ?

J'étais peut-être en train de succomber à ce que le traître, Krael Gerton, avait apporté sur la planète. Il travaillait avec la Ruche pour tous nous détruire. Avant mon arrivée, son générateur de fréquence avait réactivé certains implants de la Ruche. Un homme était mort, et Maxime avait failli succomber.

La compagne du gouverneur, une scientifique de génie appelée Rachel, avait découvert ses manigances et l'avait empêché de sévir, mais il nous avait glissé entre les doigts.

Mais tout ça, c'était avant moi. J'avais vu le traître dans la station d'intégration de la Ruche dans les souterrains de la Colonie. J'avais eu envie de le déchiqueter.

Il s'était échappé. Il avait tué mon ami, le second de Marz, le capitaine prillon Perro. Depuis, je le pourchassais. Je l'avais coincé par deux fois dans les cavernes qui formaient un système sans fin de tunnels naturels sous la surface. Et par deux fois, il m'avait échappé.

Peu importe. Je continuais de le chasser. J'étais comme ça. Et son odeur, le rythme des battements de son cœur m'appelaient à travers la roche épaisse, à travers le temps et l'espace, un phénomène que je ne pouvais pas expliquer, mais qui m'était naturel. Le traître mourrait. Je m'en assurerais.

Je ne subissais pas le même sort que le capitaine Brooks. Je n'étais pas vulnérable aux transmissions de la Ruche, contrairement à certains guerriers. D'ailleurs, j'avais très peu d'implants cyborgs. Celui que j'avais au bras gauche était si petit qu'il n'affectait pas mon corps ou mes capacités. Mais c'était le souvenir du passage de la Ruche, du fait qu'elle avait essayé de me contrôler. C'était suffisant pour que je sois banni ici, tout comme le reste des exilés.

La Mort Noire ne se faufilait pas sous ma peau et aucune voix ne tentait de s'emparer de mon esprit. Non, j'avais une érection dure comme du bois et une marque qui me brûlait en réaction à la présence de ma compagne. Mais il n'y avait pas de compagne. Lindsey ne se trouvait que dans mes rêves.

La Ruche avait-elle enfin réussi à me rendre fou ? Toutes leurs tortures avaient eu pour but de me forcer à mettre leurs drôles de robots-femelles enceintes. Mais mon ADN de Chasseur était puissant et semblait agir de son propre chef. Il était impossible de forcer un Chasseur à se reproduire. Littéralement impossible. La semence volée mourait et ne fécondait jamais l'utérus.

Mais avec Lindsey ? Bon sang, je la baiserais trois fois par jour pour que ma semence prenne racine et grandisse. L'envie de l'emplir de mon enfant était violente et impossible à nier.

Ma compagne. Comment pouvais-je partager mes rêves avec une femme alors qu'aucune femme non accouplée ne vivait sur cette planète ?

J'avais perdu la raison.

« Chasseur ? Vous êtes toujours avec nous ? »

Le gouverneur avait les bras croisés et le front plissé. Il tapa du pied en signe d'agacement.

Que faisais-je ici ? Ah, oui. L'intrus.

« Oui, je suis là. »

Ou en tout cas, j'essayais, même si le souvenir de Lindsey qui me faisait jouir me tournait en boucle dans la tête.

« Trouvez l'intrus au plus vite, m'ordonna le gouverneur. Découvrez ce qu'il fabrique. Si c'est un ennemi, s'il collabore avec le traître, je veux qu'il meure avant la nuit. »

Je hochai la tête. Après tout ce qui s'était déroulé sur la Colonie - mort, infiltration, trahison -, nous n'avions pas besoin de ça.

Quand le traître évoluait encore parmi nous, il avait de nombreux amis. Mais désormais, personne ne prononçait son nom, ou du moins, aucune âme de la Colonie ne le faisait. Il était tout simplement devenu *le traître*.

J'étais nouveau ici, mais je commençais à me sentir chez moi. Je voulais retrouver le traître tout autant que le gouverneur et c'était mon travail de le retrouver et de m'assurer qu'il soit puni. J'étais un Chasseur. J'avais la vengeance dans le sang.

Si cet intrus mystère voulait tous nous tuer, j'arriverais à le démasquer en dépit de ma marque et de mon besoin irrépressible de baiser. Ça - ou mon problème, quel qu'il soit - pourrait attendre.

Lindsey devrait attendre. Même si j'arrivais à la trouver, je ne pouvais pas exposer ma nouvelle compagne à un tel danger.

Je tapai le panneau de contrôle du plat de la main et le son me mit en action, la douleur me faisant frotter ma marque.

« Donnez-moi les plans des conduits de ventilation. Je le trouverai. »

3

Lindsey

JE SUIVIS les bruits de voix, les cris et les applaudissements le long du vaste système d'aération de la Base 3. J'avais beau avoir une carte des conduits, je ne m'étais pas attendue à ce que des jets d'airs soient expulsés toutes les quelques minutes ou à me retrouver prise dans un ouragan chaque fois que ça arrivait. Au début, j'avais paniqué, persuadée que j'allais être projetée à terre et ballottée dans les conduits comme une brindille. J'avais posé les mains sur le métal lisse, mais il n'y avait aucune prise, alors je m'étais laissée tomber à genoux, avais coincé la tête entre mes jambes et avais attendu. Cela avait duré une trentaine de secondes, avant de cesser aussi brusquement que cela avait commencé.

Quand le calme revint et que seul le bourdonnement dans mes oreilles persistait, je pris quelques profondes inspirations, savourai le silence, puis continuai mon chemin. J'étais censée m'arrêter au centre de commandement en premier - le cœur des opérations de cette Base -, mais les jets d'air incessants me donnaient envie de sortir à tout prix.

Oui, j'étais cachée là-dedans. Oui, c'était un moyen aisé de sortir de la salle de livraison sans me faire voir. Mais c'étaient les seuls avantages. Sans mon casque, mes yeux n'auraient pas été protégés. Les courants d'air étaient si puissants que je n'étais pas sûre de pouvoir respirer si mon visage restait nu. Et je ne parlais même pas de l'état de mes cheveux s'ils avaient été lâchés. Le look « tempête » ne m'avait jamais trop allé. J'avais fait cette erreur une seule fois, lorsque j'étais montée à l'arrière de la moto de mon petit ami, mes longs cheveux blonds à l'air, claquant au vent comme une bannière annonçant mon désir de liberté.

Ça avait été merveilleux. Libérateur. Excitant. J'avais eu l'impression d'être une star de cinéma ou une étoile filante. Jusqu'à ce que ça cesse.

Trois heures. Il avait fallu trois heures à ma mère pour me démêler les cheveux aidée par deux shampooings et une bouteille tout entière d'après-shampooing. Je ne comptais pas reproduire cette erreur.

J'avais appris la leçon. J'étais du genre à apprendre les choses d'expérience.

Lorsque j'avais entendu les voix, les cris, j'avais été attirée par ces bruits. D'accord, j'étais en mission, mais j'étais la seule terrienne à enquêter sur cette planète depuis les conduits d'aération. Tous les autres humains étaient à des années-lumière de là à manger des Big Macs et à dormir dans leurs lits. Si je voulais dévier un peu du plan, c'était mon problème. Et puis après tout, j'étais censée découvrir si des hommes terriens étaient enfermés comme des prisonniers. Je ne découvrirais rien d'intéressant en restant enfermée dans ces tunnels.

Résolue et curieuse, je suivis les sons des gens – des extraterrestres – au lieu de me rendre au centre de commandement de la Base. On m'avait demandé de découvrir ce qui se tramait sur la Colonie, n'est-ce pas ? Et le seul moyen de faire cela, c'était d'observer ses habitants, et vu le bruit qu'ils faisaient, il y en avait un grand nombre juste au-dessus de ma tête.

Pourquoi étaient-ils si bruyants ? Si excités ? À en juger par les hurlements qui résonnaient dans les tunnels aux murs métalliques, il s'agissait d'un grand groupe et ils faisaient quelque chose. Ils regardaient quelque chose avec des temps forts et des répits. Comme un concours, par exemple.

Ou un combat de boxe.

Je vis littéralement la lumière au bout du tunnel. Des rais blancs filtraient par la bouche d'aération. Adossée au mur, j'inclinai la tête pour voir à travers.

J'y étais. J'allais voir des extraterrestres pour la première fois. Seraient-ils verts avec des écailles de lézard ? Seraient-ils bleus avec des branchies ? Des queues ? Deux têtes ? Un œil au milieu du front ou une langue de serpent ?

Seigneur et s'ils voulaient me manger ?

Non. Non ! Ce n'était pas possible. L'équipe qui m'avait préparée à ma mission m'aurait avertie si c'était le cas, non ? Et puis, s'ils mangeaient les humains, il n'y aurait pas de soldats humains à trouver, si ?

Si ?

Le jet d'air se remit en route et je m'accroupis en comptant jusqu'à trente dans ma tête. Le jet prit fin alors que j'en étais à vingt-huit.

Ça suffit. Je n'en pouvais plus, alors je jetai un œil à l'extérieur pour avoir mon premier aperçu de la Colonie.

Sous mes yeux se trouvait une sorte d'amphithéâtre rempli d'hommes. Non, pas d'hommes. D'extraterrestres. D'extraterrestres gigantesques.

Je ne voyais que leurs dos, car ils regardaient quelque chose. Je ne voyais pas ce qui les faisait crier et applaudir à cause de leur grande taille. Ils avaient des épaules larges et même s'ils n'étaient pas monstrueusement grands, ils auraient pu tous faire partie d'une équipe de basket. La plupart d'entre eux portaient des armures similaires à la mienne, mais adaptées à leurs larges carrures. Au moins, on m'avait bien renseignée sur leurs tenues vestimentaires.

Ils n'étaient pas verts. Ni bleus. Depuis l'endroit où je me trouvais, ils ressemblaient à des humains, mais en plus grands. Leurs cheveux étaient bruns, blonds, noirs ou cuivrés.

Je poussai un soupir, quelque peu déçue, pour être tout à fait honnête. Où étaient les barbares à la peau bleue, comme dans ma série de livres à l'eau de rose préférée ? Où se trouvaient les hommes à écailles capables de se transformer en dragons et de cracher du feu qui attisait le désir de leurs partenaires ?

Des cheveux bruns ? Vraiment ?

Je n'avais pas encore vu leurs visages, mais ils avaient tous deux bras, deux jambes, de jolies fesses et de larges épaules.

Seigneur, j'adorais les belles épaules.

Ce qui me fit penser à Kiel, avec ses cheveux et ses yeux bruns, et son gros membre donneur d'orgasmes...

Ma main se mit à chauffer et mon sexe se contracta. Un autre jet d'air fut expulsé et je me laissai de nouveau tomber à genoux. Mince. C'était la cinquième fois, peut-être la sixième, que ça arrivait. Je coinçai la tête entre mes jambes et comptai. J'en avais ras le bol de ces foutus jets. Des conduits. Des espaces réduits. Deux jours enfermée dans un container, et voilà que ma tête devait rester coincée dans ce maudit casque. Le jet cessa.

Un tonnerre d'applaudissements retentit. Tout le monde me tournait le dos, alors j'en profitai pour ouvrir la bouche d'aération et me glisser à l'extérieur. Adossée au mur de pierre, je regardai autour de moi. La pièce circulaire était une sorte d'arène creusée dans la roche. Même si je remarquai que le ciel était bleu et qu'il y avait deux lunes, je savais que je devais me concentrer sur les extraterrestres, pas le foutu ciel. Je portais la même tenue qu'eux. J'étais beaucoup plus petite, mais je pouvais me fondre dans la masse. Il me suffisait de me joindre à la foule, de participer. Personne ne devinerait que je n'étais pas de la Colonie. Je voulais voir ce qui les passionnait à ce point. Ce n'était pas simplement ma curiosité de journaliste. Je ne voulais pas rester dans ce foutu conduit d'aération.

Je m'approchai des extraterrestres, mais ils étaient si grands et si larges que je n'arrivais pas à voir ce qui se passait. Je les contournai, tentant de trouver une place. J'avais parcouru la moitié de l'amphithéâtre quand j'entendis une conversation :

« ... le meilleur de la Colonie.

— Je n'ai jamais vu un tel lutteur.

— Même les Prillons ne sont pas capables de battre un Atlan en mode bestial.

— À plusieurs ? Je parie sur les Prillons.

— Rezz va les envoyer à l'infirmerie.

— Combien il peut en maîtriser, tu crois ? »

Je les contournai, toujours collée au mur, tout en restant dans l'ombre. Personne ne faisait attention à moi, tous concentrés sur le combat qui allait commencer dans le ring. La tension dans l'air était de plus en plus forte et les hommes semblaient être sur les nerfs, prêts pour la compétition, la violence.

Mon épaule cogna contre une barre de renfort qui se trouvait au-dessus de ma tête. L'énorme morceau de métal faisait au moins un mètre de large et se courbait pour se connecter à une série de poutres qui soutenaient un toit transparent en forme de dôme d'au moins dix mètres de haut. Chaque poutre avait un rebord d'environ cinq centimètres que je pourrais escalader et une fois en haut, elles s'évasaient suffisamment pour que je m'allonge dessus à plat ventre et que je puisse observer la scène sans être vue. Parfait.

Si j'arrivais à arriver là-haut.

Avec un sourire, j'ajustai mon sac à dos et posai un pied sur le rebord. Des années de gymnastique et de cours d'escalade portèrent leurs fruits alors que je grimpai et que je me hissai tout en haut de la poutre. Accroupie, je trouvai l'endroit idéal et me couchai sur le ventre. Je jetai un regard par-dessus le rebord. Merde. Ça ressemblait à une arène de gladiateurs. Elle était totalement arrondie et assez petite, de la taille d'un petit cirque, peut-être. Au centre, le sol était en terre battue et deux hommes affrontaient un géant.

Non, pas des hommes. Les deux personnes qui combattaient le géant me faisaient face et ne ressemblaient à aucun homme que j'aie vu. C'étaient des extraterrestres et la déception que j'avais ressentie quelques instants plus tôt disparut. Ils venaient visiblement de la même planète. L'un avait une couleur moka, l'autre avait la peau or pâle et les cheveux cuivrés. Leurs visages non plus n'étaient pas tout à fait humains, leurs nez, yeux et mentons trop pointus. Ils faisaient tous les deux plus de deux mètres et leurs yeux les trahissaient. Dorés et cuivrés. Et lorsqu'ils sourirent, j'aperçus des crocs, pas assez pointus pour être vampiriques, mais assez pour me pousser à me pencher et à les regarder de plus près.

Fascinant.

Pas humains. Pas humains du tout. Mais bon sang. Ils ne portaient pas de tee-shirt et je n'avais jamais vu de spectacle aussi viril. Enfin, à part le rêve que j'avais fait plus tôt, mais ça ne comptait pas vraiment. Ces hommes-là étaient réels, de chair et de sang et ils se tenaient juste devant moi.

Mais les torses parfaits des deux guerriers étaient petits comparés à la carrure du géant qu'ils affrontaient. Il était incroyablement grand, son profil étrangement allongé, comme si son visage avait disproportionnellement grandi par rapport à son corps. Il était plus encore plus massif que les deux autres et les dépassait d'une tête. Les hommes de la foule scandèrent quelque chose et le géant leva les mains en l'air d'un air victorieux, avant de tourner le torse pour regarder le public. Ses jointures étaient pleines de sang et il avait une coupure au-dessus de l'œil, mais il *souriait*.

« Rezzer ! Rezzer ! Rezzer ! »

Mis à part sa taille irréelle, il semblait plus humain que les autres. Ma théorie sur les hommes bleus à peau de lézard tombait à l'eau. Pas un seul membre de l'assemblée était très différent d'un humain. Certains avaient des couleurs de peau non humaines, des traits plus anguleux, mais pas assez pour que ce soit effrayant. Juste bizarre.

Mais je remarquai vite que tous les membres de la foule étaient des hommes. Je passai l'assistance en revue et ne vis pas la moindre femme, extraterrestre ou autre. J'étais la seule femme dans la salle. Étrange. Où étaient les femmes ?

Le bruit de poings qui s'écrasaient contre de la chair emplit la salle et les exclamations reprirent. Ma curiosité bien vite oubliée, je me concentrai sur les combattants alors que le sang battait dans mes oreilles et que je luttais pour maîtriser ma respiration à l'intérieur de mon casque. Sous moi, les torses se soulevaient et je parvenais presque à goûter la testostérone dans l'air. C'était comme se retrouver dans un cerveau masculin, être entourée de chaleur, de puissance et de... rage.

L'intensité de ma réaction me surprit alors que la colère m'étouffait. Je déglutis avec difficulté, luttant contre le picotement qui me prenait derrière les paupières alors que le géant criait une provocation qui fit hurler toute l'arène. Un hurlement monta dans ma poitrine en réponse, mais je serrai la mâchoire et le contins, enfermé avec le reste des émotions que je ne pouvais pas affronter pour l'instant.

Je n'avais pas envie d'être là-haut, sur le ventre, sur cette stupide poutre à cinq mètres de haut sur une planète inconnue. Je ne voulais pas faire d'autres cauchemars à propos de mon adorable petit garçon brisé, avec ses yeux innocents. Il était mien et il m'avait crue quand je lui avais dit que tout irait bien.

Il fallait que tout aille bien. Je ferais n'importe quoi. Pour mon fils, j'étais capable de mentir, de voler, de traverser la galaxie dans un container. Pour Wyatt, j'étais prête à tout risquer, même ma vie. Je n'étais pas une tueuse. Je n'étais pas une guerrière, mais pour Wyatt ? J'étais une mère et cela signifiait que rien n'était inenvisageable. Absolument... rien.

Je clignai lentement des yeux, chassant la brûlure des larmes qui me coulaient sur les joues sous mon casque. Je ne pouvais pas les essuyer, alors je les ignorai et me cramponnai à la poutre, mes doigts gantés de noir serrés sur mon perchoir.

Sous moi, le plus foncé des deux guerriers avait disparu.

Un coup d'œil sur le sol m'apprit qu'il avait été placé dans un coin de l'arène, inconscient. Deux hommes en uniformes verts étaient penchés sur lui et lui passaient une sorte de lumière bleue sur le corps, comme un scanner de film de science-fiction.

Personne ne leur prêtait attention, alors je fis de même, mon regard aimanté par la démonstration de force au centre de l'arène.

Il ne restait plus que deux combattants, qui se tournaient autour, les bras levés, les poings serrés. Le guerrier restant était celui à la peau caramel et les cheveux cuivrés. Le géant était face à moi, désormais, et je pus le dévisager. Il était beau, malgré sa taille, avec des cheveux noirs et des yeux verts. Son regard était intense, concentré, mais il devait faire plus de deux mètres cinquante. Ses mains étaient comme des assiettes et ses muscles semblaient eux-mêmes avoir des muscles. Ils portaient tous les deux des armures, dont le haut avait été jeté au sol. Ils étaient torse nu et dire qu'ils étaient canon eut été un euphémisme. Mes ovaires se mirent au garde à vous en voyant leurs poitrines et leurs épaules larges, leurs abdominaux développés.

Le plus grand des deux avait des poils sur le torse, qui formaient une ligne qui disparaissait sous l'élastique de son pantalon. En dessous se trouvait un paquet impressionnant. L'autre guerrier était lui aussi bien loti.

J'étais captivée, hypnotisée par leur intensité, leur puissance. Ce n'était pas un match de boxe ou de catch. Ce n'était même pas du combat libre. Ils évitaient les coups et bougeaient à une vitesse qui me forçait à plisser les yeux et à me pencher en avant pour comprendre ce que je voyais.

Ils se rentrèrent dedans dans une avalanche de coups de poing et de furie. Je m'attendais à ce que le plus petit lutteur se fasse écraser aussi vite que son ami, mais Rezzer - ce devait être le nom du géant – et l'homme tenaient tous les deux bon, leurs muscles sortis comme s'ils allaient se briser. Je grimaçai en voyant la force qu'ils y mettaient, je m'attendais à ce qu'une épaule se déboîte, qu'un coude se casse.

Personne ne pouvait supporter ce genre de pression. Soudain, l'extraterrestre aux cheveux cuivrés me tourna le dos. C'est alors que je remarquai la peau argentée qui lui couvrait la moitié du dos et lui remontait sur la nuque. Cette chair étrange luisait à la lumière comme si elle était couverte de paillettes. L'éclairage de l'arène était vif au centre de l'arène, des projecteurs tournés vers les lutteurs, qui n'avaient nulle part où se cacher.

La Ruche. Des cyborgs. Une chair contaminée. Les mots du médecin à qui j'avais parlé sur Terre me revinrent en mémoire. La Colonie abritait les guerriers à qui la Ruche avait implanté sa technologie. Cette peau argentée avait scellé son destin… Leur destin à tous. Cet endroit était la fin du voyage pour eux, une prison.

Les hommes hurlèrent et rugirent lorsque les deux lutteurs se mirent à bouger plus vite qu'aucun être vivant que je n'aie jamais vu.

Soudain, la scène me rendit malade. La violence me donna la nausée et je me tournai pour poser le côté de mon casque sur la poutre. Je ne sentais pas le métal frais sur mon visage, mais je fis comme si alors que j'entendais Rezzer hurler une dernière fois. La foule poussa des exclamations ravies et je jetai un coup d'œil en bas pour voir que le petit guerrier peinait à se relever, le visage couvert d'un sang trop orange pour être humain.

Son bras droit pendait à un drôle d'angle et les hommes en uniformes verts se précipitèrent vers lui avec leur baguette bleue.

Ma paume choisit cet instant pour me brûler, mais je

serrai la main sur la poutre et n'y prêtai pas attention. Apparemment, la force des lutteurs m'avait fait de l'effet, car mon vagin se contracta et une vague de désir me parcourut. C'était peut-être en réaction au combat. Je n'en avais aucune idée, mais je ne pouvais que me lécher les lèvres en admirant les hommes séduisants qui se trouvaient sous mes yeux. J'aurais dû mettre mon manque d'attention sur le dos des œstrogènes, mais en fait, j'ignorais complètement ce que je devais faire ensuite. Je passai la foule en revue, à la recherche d'hommes humains, mais s'il y en avait, ils étaient cachés au milieu des autres, un océan d'armures noires et de visages agressifs.

Ma marque me lança à nouveau et je soufflai entre mes dents alors que mes tétons durcissaient et que mon estomac se serrait. C'était comme dans le rêve, sauf qu'au lieu de regarder l'homme le plus sexy que je n'aie jamais vu, j'étais accrochée à une poutre, à me cacher d'une flopée d'hommes violents. J'avais déjà vu ça, la fièvre de la foule et je savais que l'agressivité de l'assistance persisterait pendant des heures. J'avais assisté à un combat de boxe avec le donneur de sperme et ça m'avait suffi.

C'en était trop.

Tremblante, je ne savais pas si je serais en sécurité à rester là-haut. Mes mains étaient prises de crampes et mon corps tout entier était pris de secousses dues au stress et à l'adrénaline. Si je ne me reprenais pas, je risquais de tomber et de me briser la nuque. Ou pire.

Je restai parfaitement immobile durant de longues minutes, les yeux fermés, la tête baissée, concentrée sur ma respiration. Il me fallait de l'air. Inspirer. Expirer. Jusqu'à ce que je puisse de nouveau sentir mes doigts de pieds et que mes oreilles cessent de sonner. La foule s'était calmée. Les combats étaient terminés pour aujourd'hui. Les hommes parlaient, riaient et se donnaient des petits coups amicaux. J'en déduisais que le géant, Rezzer, avait gagné.

Peu importe. Il fallait que je me tire d'ici avant de péter les plombs.

Lentement, je fis le chemin inverse en rampant, en comptant sur les lumières tamisées de l'arène pour me cacher. Je venais de tomber sur mes pieds et de faire deux pas en arrière pour rejoindre la bouche d'aération, quand un extraterrestre sorti de nulle part me rentra dedans puis se retourna pour regarder dans ma direction. Je portais toujours mon casque. Il me jeta un nouveau regard, puis se figea. Comme un prédateur.

Et comme un lapin pris dans les phares d'une voiture, je me figeai moi aussi alors qu'il se penchait vers moi, prenait une grande inspiration et s'emplissait les poumons de mon odeur.

« Femme. »

Sa voix était grave et émerveillée, comme si j'étais une créature mythique, comme une licorne. Vu le nombre de femmes du coin, c'était peut-être le cas.

Il ressemblait au lutteur le plus grand, celui qui s'appelait Rezzer, et je me dis qu'ils venaient sans doute de la même planète. Ils faisaient la même taille, avaient la même couleur de peau et avaient tous les deux des mains grandes comme des assiettes. Cette dernière information, je l'eus lorsqu'il m'agrippa le haut du bras. Même s'il était doux, il ne me lâchait pas. Je tentai de me dégager, mais c'était impossible. Sa force était incontestable et je sus d'instinct qu'il serait capable de me briser en deux comme une brindille. Bon sang, ces types étaient géants. Je lui arrivais à peine à l'épaule.

« Femme, » répéta-t-il.

Sous mes yeux, il grandit, comme l'Incroyable Hulk,

jusqu'à ce que ma tête lui atteigne à peine le torse. Il était déjà grand avant, mais là, sa taille était monstrueuse et un rugissement quitta sa gorge.

« Mienne !

— Oh, mon Dieu, » murmurai-je, le cœur battant.

Je me serais bien évanouie, mais même ça, j'en étais incapable. J'étais complètement figée, mais mes mains me brûlaient et je regrettai soudain d'avoir quitté le conduit d'aération. Non, d'avoir quitté mon rêve, au lieu de faire face à une meute d'extraterrestres en rut. Bizarrement, je ne craignais pas d'être violée. J'avais la nette impression que M. Assiettes ne laisserait personne d'autre me toucher.

Non. Pour l'instant, c'était de lui que je devais m'inquiéter.

La voix de l'homme - non, de l'extraterrestre - était forte, assez forte pour que les gens qui nous entouraient se rapprochent.

J'étais entourée d'extraterrestres menaçants et sexy. J'entendis les murmures de leurs voix lorsqu'ils réalisèrent qu'une femme était présente.

Je sentis le casque me glisser sur le crâne et lorsqu'il me fut enlevé, je me tournai pour regarder par-dessus mon épaule. Un autre homme à la peau couleur caramel le coinça sous son bras alors qu'il me dévisageait, puis il leva une main pour me toucher les cheveux. Pas avec méchanceté, mais avec émerveillement.

« Hé ! » m'exclamai-je en tentant de faire un pas en arrière, mais sans succès.

M. Assiettes me maintenait en place et suivait les mouvements de l'inconnu qui me passait la main dans les cheveux.

S'il s'était agi d'un zoo, j'en aurais été l'attraction principale. J'entendis quelqu'un crier « Allez chercher le gouverneur, tout de suite ! », mais j'ignorais qui était ce gouverneur, et je m'en fichais. Ce n'était pas le moment. Pour l'instant, j'avais simplement envie de me sortir de là et de fuir.

La nouvelle de mon arrivée se répandit plus vite que des ragots à l'église. L'arène était plongée dans le silence et toutes les activités semblaient avoir été mises sur pause.

« Mienne ! Je l'ai revendiquée, » répéta M. Assiettes.

Il me souleva dans ses bras et me porta dans les escaliers, jusqu'au centre de l'arène, où le vainqueur, Rezzer, se tenait et serrait les poings. Ses yeux croisèrent les miens avec un air calculateur.

Derrière lui, son ancien concurrent se leva du sol et fit tourner ses bras, comme pour tester ses épaules. Complètement guéri.

Nom de Dieu. C'était le résultat de la petite baguette bleue ? Elle guérissait ? Je n'avais peut-être pas besoin d'espionner et de faire un petit exposé de conspiratrice, finalement. Il me suffisait peut-être de voler l'une de ces baguettes magiques et d'en ramener une à Wyatt.

En ayant cette pensée, je réalisai aussi à quel point c'était sans espoir. En cet instant, les gens qui m'avaient engagée surveillaient ma mère et mon fils. Si je ne revenais pas, ils leur feraient du mal, le tortureraient, le tueraient, même. Les conséquences d'un échec m'avaient été expliquées en grand détail. Ce n'était pas que l'argent qui était en jeu, plus maintenant. Soit, je leur donnais ce qu'ils voulaient, soit ils feraient du mal aux deux seules personnes de l'univers qui comptaient pour moi.

Je ne pouvais pas échouer. Je devais faire n'importe quoi pour survivre, pour les retrouver. Wyatt avait besoin de moi. Il fallait que je sois forte.

Je tournai la tête pour garder un œil sur les guerriers en

uniformes verts qui quittaient l'arène et j'ignorai le colosse qui me portait jusqu'à ce qu'il me repose doucement au centre de l'arène. Il me posa comme si j'étais en porcelaine et je devais bien admettre que malgré sa taille, c'était un gentleman. Il se pencha en avant et me regarda dans les yeux, son regard sombre et sincère.

« Je suis le Chef de Guerre Braun. Tu m'appartiens, désormais. Je te protégerai. »

L'ordre semblait avoir été rétabli alors que la foule reprenait place. Une poignée de guerriers était alignée au fond de l'arène, face à Braun.

Je jetai un coup d'œil à Rezzer, qui se tenait à quelques mètres de là, les bras croisés sur la poitrine, l'air renfrogné. Braun nous ignora tous les deux alors qu'il se tournait vers les hommes rassemblés.

« Je suis le Chef de Guerre Braun et je revendique cette femme.

— Non. Elle sera à nous, dit l'un des guerriers dorés en s'avançant, accompagné d'un jumeau.

— À moi ! » rugit un autre géant presque aussi grand que Rezzer, et son visage se transforma.

Le chaos fut complet lorsque deux extraterrestres situés derrière celui qui avait mon casque se mirent à se pousser l'un l'autre. J'ignorais pourquoi ils se battaient. Visiblement, Braun avait peu de concurrents. Vu sa taille, c'était compréhensible.

Il s'avança et fit un geste vers les deux guerriers dorés. Avec un grognement, je me mordis la lèvre et regardai autour de moi. Pas un, mais trois guerriers se tenaient côté à côte derrière moi, au coude à coude. Et ce n'était pas la bagarre qu'ils regardaient, c'était moi.

Il n'y avait pas d'issue.

« C'est de la folie, leur criai-je. Je n'appartiens à aucun d'entre vous. »

Avec un soupir, je me retournai et vis les dorés s'avancer. L'un d'entre eux, je le voyais, désormais, avait la moitié du visage métallique, y compris son œil. C'était un peu dérangeant, mais ici, tout le monde semblait être marqué d'une façon ou d'une autre par de la chair argentée.

Contaminés. Emprisonnés.

J'étais foutue. J'avais tout fait de travers. J'étais censée rester cachée. C'était impossible. Je ne devais pas me faire repérer. Je n'avais même pas fait d'efforts.

J'étais la pire espionne du monde.

À présent, des aliens se battaient pour moi, prétendant que je leur appartenais. J'aurais dû être flattée ou impressionnée. J'aurais dû être ravie. Quelle femme ne voudrait pas que des extraterrestres sexy se battent pour elle ?

Moi. Je ne voulais pas de compagnon. D'accord, Kiel, l'homme de mon rêve, était canon comme tout, mais j'avais un petit garçon à retrouver et trois jours pour regagner le vaisseau avant qu'il ne quitte la planète. Hors de question de rater mon moyen de transport. Pour l'instant, il fallait que je survive et, ensuite, je m'enfuirais.

C'était la seule option que je pouvais envisager, car j'ignorais complètement comment j'allais me tirer de cette situation.

4

J'AVAIS ENVOYÉ un groupe de guerriers dans les conduits d'aération pour qu'ils partent à la recherche de l'intrus. Avec deux autres hommes, je parcourus le chemin extérieur, passant en revue les couloirs qu'il pourrait prendre, en espérant l'attraper. Les ordres qui nous parvenaient par nos bracelets de communication nous menaient en direction de l'arène et j'espérais y arriver avant que l'intrus ne se fonde dans la foule. La salle comptait une centaine de guerriers. L'ennemi pourrait facilement se cacher. Je n'étais pas uniquement guidé par mes sens de Chasseur. Non. J'étais également guidé par ma marque. Pour une raison inconnue, à chaque pas que je faisais en direction de l'arène, elle me lançait et chauffait. Je ne pouvais pas l'ignorer.

Pourquoi ma marque m'attirait-elle vers l'arène ? Il n'y avait pas de femmes sur la Colonie, à part celles qui étaient accouplées. Il n'y avait pas de femme célibataire sur la Base

3. Ma marque se serait réveillée bien avant, si l'une d'entre elles m'était destinée. Je n'étais pas sur la Colonie depuis longtemps, mais les rêves venaient juste de commencer. Ça voulait dire qu'elle était nouvelle. Plus nouvelle que moi. Mais comment était-ce possible ?

« Personne ne se trouve plus dans les conduits. Il n'y a plus trace de la chaleur laissée par l'intrus. »

Nous nous arrêtâmes à proximité de l'arène. J'entendais les cris et les bruits de luttes d'ici. Les deux autres guerriers qui m'assistaient, des Prillons, me regardèrent. Ils connaissaient mes compétences, savaient que j'étais capable de traquer des gens ou des choses que personne n'arrivait à voir. Ou à sentir.

« Par quelle bouche d'aération s'est-il échappé ? » demandai-je dans mon bracelet.

Celle du côté sud de la salle.

« Évidemment, » marmonnai-je.

Il s'agissait de la zone la plus bondée. Plus d'odeur à traquer. Je me tournai vers les Prillons et regrettai de ne pas avoir mon équipe habituelle avec moi, mais le capitaine Marz était en train de se faire tester pour le Programme des Épouses, Kristin passait du temps avec ses compagnons, et Rezz ? Eh bien, j'étais persuadé que l'Atlan était justement en train de se défouler dans l'arène.

« Allons-y. Il faut que j'aille chercher son odeur dans le conduit.

— Et les combats ? me demanda-t-on.

— Mieux vaut ne pas les avertir que nous sommes en chasse. »

Ils hochèrent la tête et nous nous dirigeâmes rapidement vers l'arène.

« C'est quoi ce bordel ? » demanda l'un des Prillons en s'arrêtant, la main sur son pistolet à ions.

Je m'arrêtai également, pas seulement à cause de ma surprise, mais parce que ma marque se mit à me brûler comme si une lame m'avait transpercé la paume. C'était si douloureux que je poussai un sifflement. Au lieu de me préparer au danger comme les Prillons, je pressai le pouce sur ma marque, en espérant apaiser la brûlure.

« C'est de la folie ! Je ne vous appartiens pas, » s'écria une femme.

En entendant la voix féminine et mélodieuse, je fus changé à jamais. C'était comme si les ions de mon corps s'étaient déplacés pour faire de moi une autre personne. Ma marque fut parcourue d'une brûlure érotique, m'envoyant une vague de désir droit à l'entrejambe. Mon cœur se mit à tambouriner, avant de se calmer. C'était comme si les mots qu'elle avait prononcés m'enveloppaient de chaleur. De désir. D'envie. D'un instinct protecteur et possessif.

Lindsey. Elle était là. Elle était à moi.

Ma compagne.

Puis, très vite, je réalisai ce qui se passait sous nos yeux. Il y avait deux lutteurs : Rezz, mon ami atlan qui était arrivé sur la Colonie le même jour que moi, et un autre que je ne connaissais pas, mais qui était également atlan. Le torse et le visage pleins de sueur et de sang qui dégoulinait d'une coupure au-dessus de l'œil, Rezz semblait avoir disputé plusieurs combats. Mais personne ne se battait en cet instant. Non, ils ne se tournaient même pas autour. Rezz faisait face à un autre Atlan et à deux guerriers prillons. Le public attendait avec une impatience peu commune dans l'arène. C'était quelque chose de tout à fait différent et de bien plus sérieux que les démonstrations de force habituelles.

Je voyais des gens se pousser et hausser la voix et je savais qu'elle était en plein milieu. Qu'elle en était la cause.

Pas besoin d'être un Chasseur pour savoir où elle se trouvait.

« Elle est à moi. »

L'énorme Atlan qui faisait face à Rezz était en mode bestial et à présent, je le reconnaissais. Il s'appelait Braun, et il était fort. Rapide. Comme tous les chefs de guerre atlans.

Je me foutais de savoir combien de ces guerriers je devrais affronter, Braun avait tort. Lindsey ne lui appartenait pas. Lindsey, avec ses cheveux d'or et ses yeux bleus, ses lèvres pleines et son culot... était à moi.

Je m'avançai à grands pas, en direction du centre de l'arène, sans attendre de voir si mon équipe me suivait. Je n'avais pas besoin d'eux. Pas pour ça. La rapidité me courait dans les veines. Je ne m'étais pas bien battu depuis des semaines. Même les Atlans ne pourraient pas me vaincre, si j'évitais leurs coups. Si l'un d'entre eux me mettait la main dessus, il pourrait me briser en deux. Mais d'abord, il faudrait qu'il m'attrape. Et ça, quand je me servais de ma rapidité et de mon agilité de Chasseur, c'était presque impossible.

Je fendis la foule et l'entendis à nouveau :

« Ce n'est pas ce que je voulais. Menez-moi à votre chef, ou je ne sais quoi. Je suis désolée. »

Rezz, aussi grand que Braun, rugit en direction de la foule :

« La femme est sous ma protection. Personne ne la touche. »

Je connaissais Rezz, savais qu'il ne la toucherait pas. Il était encore trop brisé. Il avait refusé de se faire tester pour le Programme des Épouses, même après l'arrivée de Kristin et son intégration dans notre unité. Les deux femmes humaines qui étaient arrivées sur la Colonie aimaient leurs compagnons, malgré la contamination laissée par la Ruche. Le capitaine Marz avait pratiquement supplié l'Atlan de se soumettre aux protocoles.

Mais Rezz avait refusé. Il disait qu'il n'était pas en mesure de satisfaire une femme digne de ce nom. Quoi que cela veuille dire.

Pour l'instant, je me fichais des démons de Rezz. Tout ce que je savais, c'était que mon ami s'était interposé entre Braun, les deux guerriers prillons et la femme qui m'appartenait. Il la protégeait, un fait que je n'oublierais pas. Je lui en devais une belle.

« Tire-toi de mon chemin, Rezz. »

La grosse voix rauque appartenait à Braun, mais j'entendis Rezz rire en réponse. Par les dieux, ce chef de guerre aimait se battre.

« Comme je l'ai dit, elle est sous ma protection, Braun. »

Braun rugit de frustration, mais devait avoir décidé que la petite femme ne valait pas le coup de se fâcher avec Rezz, qui était bien connu pour ses performances dans l'arène depuis son arrivée. Même Tyran, le compagnon de Kristin, n'avait pas réussi à le battre. Et Tyran était le guerrier avec le plus d'implants de la Ruche. Il était plus fort que tous les autres hommes.

Tous les autres hommes, sauf Rezz en mode bestial. Mais tout de même, le combat entre l'Atlan et Tyran avait été épique. J'étais convaincu que si Rezzer avait gagné, ce n'était pas parce que le Prillon était plus faible, mais parce que Rezz était plus violent, surtout que Tyran avait récemment été accouplé à Kristin la terrienne. C'était une petite femme toute en courbes qui ressemblait à Lindsey. Des cheveux d'or. Un visage en forme de cœur. Toute petite, mais féroce. J'avais hâte de voir le feu qui brûlait dans la silhouette délicate de Lindsey.

« *Tais-toi et déshabille-toi.* »

Le souvenir de ses ordres sensuels me perturba davantage et je fis rouler ma tête pour apaiser les tensions dans ma nuque, pour me maîtriser. Mienne. Elle était à moi. Sa voix était à moi. Son corps était à moi. Son plaisir était à moi. Son cœur était à moi. Je n'avais jamais cru avoir une compagne un jour, j'avais renoncé à cette idée à l'instant où j'avais été envoyé ici, sur cette planète de malheur que nous faisions tous semblant de ne pas voir comme une prison.

Mais à présent ? Elle était là et je préférais mourir plutôt que de renoncer à elle.

Braun sortit de l'arène pour s'asseoir parmi la foule, ce qui ne laissait plus que les deux guerriers prillons face à Rezz. J'entrai dans l'arène pile au moment où mon ami s'approchait des deux guerriers.

« Écarte-toi, Rezz. On sait très bien que tu ne veux pas de compagne, » dit le plus grand des deux Prillons, le capitaine Voth, alors que son second grognait son approbation à côté de lui.

Rezz abattit son poing dans sa main gauche dans un bruit sonore.

« Vous voulez passer douze heures dans une capsule ReGen, tous les deux ? Ça me va.

— S'il vous plaît, arrêtez. C'est de la folie. »

C'est là que je la vis, pour la première fois. Bon, d'accord, je l'avais vue dans mon rêve, mais je l'aurais reconnue entre mille. Tout en parlant, elle tenta de sauter du bord de l'arène, où elle était assise, vêtue d'une armure standard de la Coalition. Ses cheveux lui tombaient sur les épaules dans un halo doré. Elle était encore plus belle que dans mon rêve. Ses grands yeux verts et son visage en forme de cœur étaient trop délicats pour être réels.

Elle tenta de bouger, mais deux des guerriers qui se

tenaient juste derrière elle lui placèrent les mains sur les épaules pour la retenir.

Je ne reconnus pas le grognement qui s'éleva dans ma gorge, mais le Chasseur en moi prit le dessus.

Elle poussa un petit cri lorsque j'approchai aussi vite que l'éclair pour pousser les trois hommes.

Rezz se tourna vers l'endroit où je me tenais désormais, derrière la petite silhouette de Lindsey. L'odeur de l'humaine arriva jusqu'à moi, et mon sexe durcit immédiatement en sentant son arôme de fleurs et de miel. Ça, je n'y avais pas eu droit dans mon rêve. Je mourais d'envie de la balancer par-dessus mon épaule et de l'emmener dans mes appartements, mais je savais que je n'arriverais jamais à la faire sortir d'ici sans me battre au moins une fois.

« Kiel. »

La voix grave de Rezz résonna comme un éclair dans l'arène et Lindsey poussa une exclamation, avant de tourner brusquement la tête vers moi. Mais je n'osai pas croiser son regard bleu. Si je la regardais, j'aurais envie de la toucher, de la goûter. De la baiser.

« Chef de Guerre, » répondis-je en sautant dans l'arène.

J'atterris sur mes pieds sans faire de bruit. Je me déplaçai sur ma droite, en regardant Rezz et les deux Prillons qui n'avaient pas bougé bien en vue.

« Elle s'appelle Lindsey et elle est à moi. C'est ma compagne marquée. »

Un grondement collectif retentit parmi les spectateurs alors que Rezz jetait un regard entre moi et les deux guerriers prillons qui se tenaient debout, prêts à la bataille. Son sourire était amusé, mais il hocha la tête avant de se tourner vers ma compagne.

« Vous connaissez ce guerrier, femme ? »

Les grands yeux bleus de Lindsey se posèrent rapidement sur moi et elle rougit, ses joues prenant une délicate teinte de rose. Son regard me contracta le sexe. Mes doigts brûlaient d'envie de l'attraper. Je voulais la toucher. L'embrasser. La goûter pour de vrai. Je n'avais jamais eu *besoin* de quoi que ce soit, mais en cet instant, j'avais besoin d'elle.

« Je... Je ne... »

Elle butait contre les mots tout en alternant les regards entre Rezz et moi. Je fis un pas en avant dans ma hâte de lui rappeler notre dernière rencontre, mais ce n'était pas nécessaire. Ses yeux se fixèrent sur les miens et je vis le désir embrumer son regard. Elle m'examina, en prenant son temps, inspectant chaque centimètre de mon corps, la respiration haletante, concentrée. Elle me dévorait du regard, me caressait de son attention. Oui. Elle était à moi.

Je craignais qu'elle mente, qu'elle nie notre relation face à toute l'assemblée. L'air dans mes poumons se figea et même mon cœur sembla s'arrêter alors que j'attendais le salut ou le rejet. Ça n'aurait pas dû avoir d'importance. Je ne l'avais jamais rencontrée, pas vraiment. J'avais seulement partagé un rêve avec elle. Un seul. Et soudain, je fus terrifié à l'idée que cela ne suffise pas. Si elle me rejetait, quelque chose se briserait en moi, une chose dont j'avais ignoré l'existence jusqu'à présent. Mon âme ? Mon cœur ? Je n'en savais rien, mais c'était quelque chose de profond et d'instinctif. Le Chasseur en moi était vulnérable en sa présence, d'une façon que je n'aurais pas imaginé être possible. J'étais nu, exposé. Faible.

Tout en moi était à vif alors que je priais pour qu'elle me sauve. Qu'elle me revendique. Qu'elle *veuille* de moi autant que je voulais d'elle. Elle se lécha lentement les lèvres et son regard se fit plus doux alors qu'elle me dévisageait comme si elle était choquée que je sois réel. Moi aussi, j'étais sous le choc, que les dieux m'en soient témoins. Sous le choc, mais reconnaissant.

Quand elle hocha enfin la tête ; mon cœur s'arrêta de battre un instant, puis se mit à battre deux fois plus vite.

« Oui, je connais Kiel. »

Le rire de Rezz rompit le silence alors que ceux qui se tenaient autour de nous poussaient des rugissements approbateurs. Les éclats de rire de l'Atlan étaient assourdissants et il se dirigea vers moi pour me donner une grande tape dans les dos.

« Bonne chance avec celle-là. Je renonce à la protéger et je te transfère ce devoir. »

Et en un instant, il disparut pour aller s'asseoir près de Braun sur les gradins. Je regardai le chef de guerre Braun, soutins son regard, avec une expression interrogatrice. Avait-il l'intention de me défier, à présent que Rezz avait renoncé à la protéger ?

Braun me sourit et secoua la tête. Non. Je ne m'étais jamais battu dans l'arène, mais Braun m'avait vu me battre, me battre pour de vrai, lorsque nous avions lutté contre une équipe de la Ruche dans les grottes, quelques semaines plus tôt. C'était l'une des quelques personnes qui m'avaient vu donner libre cours à mon ADN de Chasseur pendant la bataille. J'étais rapide, silencieux. Redoutable.

Les Chasseurs d'Evéris étaient connus dans toute la galaxie comme des tueurs, des traqueurs, des assassins. Les élites des planètes de la Coalition nous assignaient les missions les plus dangereuses. Nous étions craints et respectés pour notre côté sans pitié et mortel. C'était pour cette raison que le gouverneur Maxime s'était adressé à moi pour trouver l'intrus et repérer les espions de la Ruche qui avaient infiltré les grottes de la planète. Nos dons hors du commun donnaient aux Chasseurs la capacité de retrouver n'importe qui et n'importe quoi dans tout l'univers. C'était comme une attraction, l'appel de la proie ; et ni le temps ni la distance ne pouvaient empêcher un Chasseur d'atteindre sa cible.

Il n'y avait aucun endroit où fuir, où se cacher. Et en cet instant, la seule personne qui importait dans tout l'univers était assise au bord de cette arène. Et deux guerriers prillons étaient déterminés à me la prendre. J'avais beau avoir dit que c'était ma compagne marquée, ils refusaient de s'en aller.

Imbéciles.

Le capitaine Voth s'approcha, et déclara :

« Nous te défions, Chasseur. La femme nous appartient. »

J'entendis Rezzer éclater de rire à nouveau. Cette bête et moi allions devoir avoir une petite discussion à propos de son sens de l'humour. Mais je ne pus m'empêcher de sourire alors que je m'accroupissais, prêt à attaquer.

Lindsey

Oh. Mon Dieu.

Il était là. Pas seulement là, mais juste devant moi. Si proche que je sentais sa chaleur. Son odeur. Dans mon rêve, il s'était trouvé à proximité, mais ça n'avait pas été réel. Je fronçai les sourcils. Était-ce réel ? J'avais rêvé d'un homme que je n'avais jamais rencontré, l'avais vu en détail. Non, je l'avais baisé en détail et voilà qu'il se tenait devant moi. Plus grand, plus sexy et plus beau que jamais.

À côté des extraterrestres gigantesques comme Rezzer et Braun, il avait une taille raisonnable. Mais quand même, sur Terre, il aurait facilement pu être basketteur, car il faisait au moins deux mètres. Ses cheveux étaient brillants, d'un noir presque bleu dans lequel j'avais envie de plonger les doigts. Leur couleur était plus vive, plus réelle que dans mon rêve. Sa peau était claire et ressemblait à celle des humains, pas dorée comme celle des deux aliens aux traits anguleux qui se tenaient devant lui pour le défier. Il portait un uniforme semblable au mien, mais son armure lui allait bien mieux, moulant les muscles de ses épaules et ses tablettes de chocolat, me faisant saliver. Mais c'était ses yeux qui me faisaient battre le cœur plus vite, sombres et presque... désespérés. Je ne pouvais pas lui dire non, pas avec ces yeux, ces yeux pleins de solitude.

Lorsque je levai de nouveau les yeux, je vis ses mains. Ses grandes mains. Elles n'étaient pas de la taille d'assiettes, mais elles étaient puissantes. Ses doigts larges, je le savais, pourraient m'apporter un plaisir intense. Je connaissais l'effet qu'ils avaient sur mes tétons, et plus bas, sur mon point G.

Je ne l'avais pas vue dans mon rêve, mais à présent, je ne pouvais plus la rater. Il avait une marque sur la paume. Au même endroit que la mienne. De là où je me trouvais, leurs formes semblaient identiques. La sienne était un peu plus foncée, mais sa peau était plus tannée, comme s'il avait passé du temps au soleil.

Comme si mon corps savait ce que je regardais, ma marque choisit ce moment pour me brûler et me lancer, m'envoyant des ondes de désir. Je m'agrippai au bord de l'arène alors que je me contractais en réponse et que mes seins devenaient lourds. Soudain, tout devint flou autour de nous et la seule chose que je voulais, c'était bondir dans l'arène et me jeter dans ses bras, lui ordonner de se déshabiller et de me plaquer contre le mur... de me faire sienne. Pour toujours.

Cette idée me fit revenir à la réalité. Ça ne pouvait pas durer pour toujours. J'avais un petit garçon qui m'attendait à la maison et la Terre interdisait formellement aux citoyens mineurs de voyager vers d'autres mondes. Cela faisait partie des accords de la Coalition et c'était connu de tous. Aucune femme qui avait des enfants ne pouvait se joindre au Programme des Épouses Interstellaires ou se porter volontaire pour servir un guerrier de la Flotte de la Coalition. C'était interdit.

Wyatt.

Je pris une grande inspiration et chassai le brouillard de désir causé par le simple fait de regarder Kiel. Sa poitrine se soulevait alors qu'il se frottait la paume sur sa cuisse, comme si sa marque s'était elle aussi enflammée.

Était-ce ce à quoi il faisait référence lorsqu'il avait dit au grand guerrier que nous étions des *compagnons marqués* ? Était-ce parce que nous partagions une marque de naissance ? *La marque ?*

Même si j'avais très envie qu'il me déshabille et qu'il me baise à nouveau - pour de vrai, cette fois-ci - je n'avais pas envie de lui appartenir. Je ne voulais pas être sa compagne marquée. Je n'appartenais à personne, ne pouvais appartenir à aucun homme. Seulement à Wyatt. Mon fils était ma raison de vivre, de me battre, de respirer. Rien ne pourrait changer ça.

J'avais complètement oublié que les guerriers dorés avaient mis Kiel au défi, avant que ce dernier leur réponde.

« J'accepte, dit-il, sa voix grave nouvelle et familière à la fois. »

Il garda les yeux sur moi, mais je savais que c'était aux deux aliens qu'il s'adressait lorsqu'il ajouta :

« Mais elle m'appartient. »

Je déglutis et me tortillai en entendant son ton catégorique, son regard brûlant.

« Alors, prépare-toi, » répondirent les deux sosies.

Ils me regardaient également. Ils devaient être cousins, ou quelque chose comme ça, car leurs couleurs de peau et leurs traits étaient identiques. Seuls leurs implants de la Ruche étaient différents. L'un d'entre eux avait le bras gauche presque complètement constitué de ces éléments robotiques. L'autre avait un œil et une main argentés.

Kiel alla se placer juste à côté de moi, là où mes jambes pendaient sur le rebord de l'arène, puis il se tourna vers ses opposants. Je sentis son épaule, pressée contre ma cuisse.

« Je refuse de laisser ma compagne sans protection pendant notre combat.

— Elle sera protégée. »

Je jetai un coup d'œil par-dessus mon épaule et vis que c'était le géant Rezzer qui avait parlé. Il avait changé de place et s'était placé juste derrière moi.

M. Assiettes, Braun, était juste à côté de lui. Il hocha la tête.

« Oui. Ce combat est sacré. Elle sera protégée pendant que vous déterminez qui est le vainqueur, toi ou les Prillons. »

On aurait dit une bande d'hommes des cavernes bien organisés. Ils avaient un sens de l'honneur, même s'ils étaient sur le point de se battre - pas à mort, je l'espérais - pour moi. Cela voulait-il dire que si Kiel perdait, les jumeaux cyborgs me traîneraient par les cheveux jusque dans leur caverne ? Et ils me voulaient tous les deux ? Est-ce que cela signifiait qu'ils comptaient me prendre en même temps ?

Je jetai un coup d'œil à Kiel et vis la détermination dans son regard. Il n'avait pas peur d'affronter ces deux extraterrestres en partie modifiés. Non, il était très assuré lorsqu'il dégaina son arme et la laissa tomber par terre. Ensuite, il défit son holster. Oh, oui, c'était sexy.

Mais je faillis m'évanouir lorsqu'il se passa un bras derrière les épaules et enleva le haut de son armure, exposant son dos nu centimètre par centimètre.

Je gémis. Vraiment. Je ne pouvais pas m'en empêcher. Mes ovaires sautèrent pratiquement de joie en voyant son torse nu. J'avais trouvé que les épaules des autres extraterrestres étaient larges, mais celles de Kiel ? Elles étaient parfaites.

Non seulement elles étaient larges, mais elles menaient à une taille fine. Je voyais pratiquement les muscles se contracter à chaque mouvement. Puis, Kiel se retourna.

« Oh la la. »

Il me regarda en entendant mon exclamation et il sourit. Bon sang. Je ne pouvais pas lutter contre tant de beauté. J'avais beau aimer son côté protecteur et autoritaire, son sourire en coin était comme une drogue pour mes sens en éveil. Ce sourire contenait une promesse, une promesse qui me faisait penser à des choses que je n'avais pas envisagées depuis des années, voire jamais.

Du sexe. Du sexe interminable et de la sueur.

« Attends-moi, » me dit-il avant de se tourner vers ses concurrents.

Attends-moi. Ces mots voulaient dire tant de choses. Attendre que le combat soit terminé ? Attendre qu'il me gagne contre ces hommes des cavernes ? Attendre avant de lui sauter dessus ? Attendre que son érection m'emplisse et me fasse gémir, crier, supplier ?

Tout ça à la fois ?

Je jetai un nouveau coup d'œil par-dessus mon épaule, en direction des deux géants qui devaient me garder en sécurité. Non, je n'irais nulle part. Vu la façon dont les autres s'étaient battus, je n'avais aucune intention de bouger. Kiel, je le connaissais. Ou en tout cas, je l'avais connu dans mon rêve. Je savais qu'il ne me ferait pas de mal. J'étais en sécurité avec lui. Les autres ? Même après seulement quelques minutes en leur présence, je sentais qu'ils étaient honorables. C'était ce qui les animait, ce qui déterminait les règles qu'ils suivaient. Je doutais qu'ils me fassent du mal, mais je ne voulais pas être revendiquée pour toujours pas un extraterrestre inconnu. Non seulement cela m'empêcherait d'enquêter, mais cela risquait aussi de m'empêcher de regagner le vaisseau pour rentrer sur Terre. Il fallait absolument que je prenne cette navette. Je n'avais pas d'autre choix et tant pis si l'extraterrestre qui voulait me revendiquer était sexy.

Il fallait que je sois de retour à bord dans trois jours. Non, moins que ça, désormais. Le compte à rebours de soixante-douze heures était enclenché.

Les trois hommes se mirent en mouvement, les mains levées, en cercle. Les concurrents s'étaient mis torse nu et avaient également laissé tomber leurs armes par terre. Visiblement, mon sort serait décidé dans un combat à mains nues.

J'aurais dû craindre que Kiel ne perde, mais quelque chose dans sa façon de bouger était presque magique. Les autres extraterrestres avaient des bras et des torses énormes, leurs corps étaient larges et bâtis pour la guerre, mais je les regardais à peine. Je ne pouvais pas quitter Kiel des yeux.

Lorsqu'il bougeait, je bougeais avec lui, comme si je pouvais percevoir ses pensées, ses intentions. Cette réaction était étrange, mais je me sentais connecté à lui, d'une certaine façon. Et son assurance était évidente. Il ne doutait pas. Ne craignait rien.

Sa confiance en lui m'apaisa plus que toute autre chose. Il ne perdrait pas. Il était... invincible.

Ce qui n'avait aucun sens. Les deux autres étaient plus grands. Plus forts.

Je me mordis la lèvre et jetai un regard à Rezz pour voir sa réaction alors que les trois lutteurs se tournaient autour. Il surprit mon regard et leva le menton vers le combat.

« Votre compagnon est un Chasseur, petite humaine. Observez, pour comprendre ce que ça signifie vraiment. »

Je me tournai de nouveau vers l'arène et regardai les guerriers dorés se séparer pour attaquer Kiel sous deux angles différents.

Ils avaient les genoux pliés et ressemblaient à des boxeurs humains, sans les gants. D'après les combats que j'avais vus avant de me faire prendre, ça n'allait pas être joli à voir. Je n'étais pas très friande de violence. Depuis que j'avais eu Wyatt, je grimaçais face au moindre comportement agressif. En général, j'évitais les conflits et je détestais voir des gens être blessés. Je n'aimais pas quand les faibles étaient menacés. Pénalisés. Blessés. Avant mon fils, j'adorais les matches de football américain du dimanche. J'aimais les bons matches de hockey bien violents. Mais devenir mère m'avait changée de façon étonnante et je n'aurais changé cela pour rien au monde.

Ce n'était pas parce que quelqu'un était faible physiquement qu'il n'était pas fort. Wyatt était la personne la plus forte que je connaissais et, pourtant, il ne pouvait pas jouer au parc de jeux du quartier. Il ne pouvait pas se défendre face aux enfants plus âgés qui se moquaient de ses différences depuis l'accident. Lui disaient qu'il était faible. Inférieur.

L'un des guerriers dorés répliqua, ratant Kiel de plus de trente centimètres. Kiel ne fit que sourire davantage face aux feintes de son opposant.

« Tu me fais perdre mon temps, » dit-il.

Puis il bougea.

Bouger n'était peut-être pas le bon mot. Tout était flou, tant il allait vite. J'entendis le son de son poing qui s'abattait sur un os. Un grognement, un bruit sourd, un craquement. L'un des combattants tomba lourdement au sol. De la poussière s'éleva tout autour de lui. Son ami resta debout une seconde de plus avant de se retrouver par terre lui aussi, le visage en sang.

Kiel s'immobilisa. Son corps était couvert d'une pellicule de sueur, ses doigts étaient rouges, mais sinon, rien n'avait changé chez lui.

Les autres ? L'un d'entre eux était inconscient, l'autre avait le bras tordu dans un angle qui me donna la nausée. Kiel resta là un instant, les yeux baissés sur le duo qu'il venait de battre à plates coutures, puis il se tourna vers moi.

Son regard croisa le mien. Le soutint. Il marcha vers moi alors que je voyais des membres de l'assistance se précipiter vers les autres lutteurs pour les soigner. Ils sortirent de nouveau leurs baguettes bleues luisantes et les agitèrent devant les corps blessés.

Je ne parvins pas à examiner les drôles de baguettes magiques de l'espace, car Kiel emplit mon champ de vision tout entier. Il s'approcha, si près que je dus écarter les genoux pour qu'il se glisse entre mes jambes. Je sentis ses hanches contre l'intérieur de mes cuisses, vis sa barbe de trois jours noire. Les paillettes d'or dans ses yeux.

« Tu es terrienne, » dit-il.

Je hochai la tête.

« Lindsey de la Terre, tu es ma compagne marquée. »

Il me prit la main, entrelaça nos doigts et nos paumes se touchèrent. Nos *marques* se touchèrent.

Je poussai un halètement face à ce contact brûlant, puis plus rien. Non, pas rien. La marque cessa complètement de me faire mal, mais je sentis notre connexion dans une autre partie de mon corps. Mes seins devinrent lourds et douloureux, mes tétons durcirent. Mon sexe se mit à me lancer et je bougeai les hanches en direction de Kiel pour pouvoir le toucher avec autre chose que ma main. J'avais envie de frotter mon clitoris contre son sexe, même à travers son pantalon et avoir un orgasme. Je savais ce que ça me ferait, grâce au rêve que j'avais fait, et j'en mourais d'envie.

Je vis la même chaleur dans ses yeux, sus qu'il ressentait la même chose. Il se pencha sur moi et me donna ce dont j'avais besoin. Je sentis son corps dur contre le mien. Mes seins se pressèrent contre son torse. Son sexe - Seigneur, oui ! - se colla à moi et je sentis chaque centimètre de lui contre mon bas-ventre.

« Le rêve, murmurai-je.

— En plus de la marque, dit-il en me touchant la paume, le rêve prouve que tu es à moi. Et que je suis à toi. »

Il sourit et je vis qu'il avait une fossette. Ma culotte était fichue, à présent.

Il se pencha tout près et son haleine chaude me caressa l'oreille, pour que je sois la seule à l'entendre.

« J'ai envie de sentir ta chatte se refermer sur ma queue à nouveau, te sentir couler autour de moi. Avoir ton goût sur ma langue. Sentir ton excitation. »

Il inspira par le nez et ajouta :

« Mmm. J'arrive à sentir ta chatte, compagne. »

Oh mon Dieu. J'allais finir par jouir rien qu'en l'entendant parler.

« Chasseur Kiel. Prends ta compagne et pars avec elle. »

Je ne bougeai pas. Kiel non plus. L'ordre avait retenti derrière moi, alors il devait s'agir de Rezz ou de M. Assiettes.

« Tu as battu Voth et son second. Personne d'autre ne te défie. »

Une seconde je regardais les yeux sombres de Kiel et l'instant d'après, il me lâchait, me prenait par la taille et me balançait par-dessus son épaule. Mes mains atterrirent sur ses fesses alors qu'il commençait à s'éloigner. Des fesses très fermes.

« Et pour l'intrus, Chasseur ? demanda quelqu'un.

— L'intruse a été appréhendée. Veuillez informer le gouverneur que je m'occupe d'elle. Personnellement. »

Lorsque sa main se posa sur l'arrière de ma cuisse et ses doigts glissèrent entre mes jambes, je sus précisément comment il allait *s'occuper de moi*.

« Dépêche-toi, » murmurai-je.

Je voulais revivre mon rêve, mais pour de vrai, cette fois. Je ne pourrais peut-être pas le garder, mais au moins, je pourrais l'avoir pour l'instant. Et vu les ennuis que j'avais dans la vie ces derniers temps, je ne pouvais pas refuser quelques heures de paradis dans cet étrange monde extraterrestre.

Il pressa le pas alors qu'un grondement sourd nous parcourait tous les deux.

∼

« Plusieurs questions se dressent entre nous, » dit Kiel quand il me reposa par terre.

Il avait marché sans s'arrêter pendant plusieurs minutes. J'avais entendu d'autres pas, vu les pieds et les jambes de deux guerriers qui nous suivaient, mais aucun d'entre eux ne dit rien. La tête en bas, je voyais seulement que le sol continuait d'être rocheux et que l'intérieur du bâtiment dans lequel il m'avait fait entrer avait un sol lisse et noir.

« Oui, » dis-je.

Il me posa une main sur le bras pour s'assurer que je ne perde pas l'équilibre. Apparemment, nous nous trouvions dans ses appartements. Personne d'autre n'était là. Les lieux étaient modernes, spartiates et propres. C'était un mélange entre une cabine de luxe sur un bateau de croisière - j'en avais visité une lorsque les parents d'une amie riche m'y avaient emmenée - et une chambre de militaire. Il y avait une fenêtre, bien qu'elle soit fumée, comme celles d'une voiture, m'empêchant de bien voir à l'extérieur. Un bureau et une chaise, un lit et une autre porte, qui devait mener à une salle de bains privée.

Mais Kiel ne parlait pas de son habitation, quand il parlait de questions. Non. Il parlait de tout le reste. De la marque. De la chaleur. Du rêve. Du combat. De ma présence sur la base. Des baguettes magiques bleues. De notre attirance l'un pour l'autre. Du besoin de baiser qui me déchirait les entrailles, qui me brûlait et me faisait souffrir.

De tout.

J'aurais pu passer la journée à lui poser des questions. Lui aussi, d'ailleurs. Sa compagne avait fait l'objet d'un combat dans une arène pleine d'extraterrestres. Non. Ce n'étaient pas des extraterrestres à ses yeux. Dans une arène pleine de guerriers. Ça ne lui avait pas plu. Il s'était montré possessif. C'était toujours le cas. Je le sentais, en plus de l'attirance qui émanait de lui.

« Je ne comprends pas ce qu'il y a entre nous, répondis-je. Le rêve ? Comment pouvais-tu être dans mon rêve ? »

Il se pencha en avant et me caressa la joue. Ce simple contact me fit fondre. J'étais prête à lui donner tout ce qu'il voulait.

Ça ne me ressemblait pas. Je n'avais jamais été attirée comme ça par un autre homme. Même le donneur de sperme n'avait jamais réussi à vraiment m'exciter.

Mais ça ? Kiel me mettait le feu.

« Tu as envie de moi ? Tu sens le feu qu'il y a entre nous ? »

Je hochai la tête, piégée par son regard. Je ne pouvais pas le nier.

« Alors, gardons nos questions pour plus tard, dit-il. J'ai envie de te toucher. »

Ses yeux croisèrent les miens, à la recherche de mon accord. De mon consentement.

Pour plus tard. Autant dire, baisons d'abord, on parlera ensuite.

Je doutais que les espionnes professionnelles partagent leurs rêves avec un extraterrestre, se fassent repérer quelques minutes après leur arrivée, fassent l'objet d'un combat par des guerriers contaminés par la Ruche, puis se fassent revendiquer par un compagnon marqué. Je doutais qu'une vraie espionne veuille coucher avec l'homme qui l'avait gagnée au cours d'une sorte de lutte archaïque chargée de testostérone.

Bon, je n'étais pas une espionne. Mais je commençais à penser que cette histoire de compagnons marqués était peut-être bien réelle. *Plus tard.*

« Plus tard, dis-je à mon tour. »

Baisons d'abord, parlons plus tard.

Comme il n'avait pas remis son haut après le combat, ça me facilitait les choses. Je parcourus la courte distance qui nous séparait et posai les mains sur son ventre ferme. Oh, oui. Sa peau était chaude, douce et lisse. Ses pectoraux étaient durs, ses abdominaux dessinés. J'ouvris sa ceinture avec un désir que je n'avais encore jamais connu. Je voulais qu'il soit nu. Tout de suite.

Je n'étais pas vierge. J'avais eu Wyatt et ce n'était pas par Immaculée Conception. Mais son père avait vraiment été une erreur, un type qui fuyait dès que les choses devenaient sérieuses. Je le considérais seulement comme un donneur de sperme.

Quand Wyatt était né, le sexe avait cessé de m'intéresser. Après avoir expulsé un bébé de la taille d'un melon, mon corps était devenu une zone interdite. Quand ma libido était revenue, j'avais deux boulots en plus de la fac. Je n'avais déjà pas le temps de dormir, alors m'envoyer en l'air avec un mec que je n'aimais pas n'était pas au programme. J'avais à peine le temps de prendre une douche et de me raser les jambes, alors une relation, c'était hors de question.

Dire que le rêve avec Kiel avait été le meilleur rapport sexuel de ma vie aurait été un euphémisme. J'avais réussi à jouir sans l'aide de mes doigts pour la première fois. Je voulais revivre ça. Tout de suite.

Je partais dans soixante-dix heures. Je pouvais me le permettre. Comme le disait le vieux dicton, *Ce qui se passe dans l'espace reste dans l'espace.*

Son pantalon s'ouvrit, j'enroulai les doigts autour de la ceinture et le baissai, mais le tissu était coincé. Par son sexe. Avec précaution, je fis glisser le pantalon sur son gros paquet et quand son long membre fut libéré, il sortit en rebondissant. Oui, en rebondissant. Il était dur, long et dressé vers moi.

« Ouah. »

OK, ce n'était pas la chose la plus intelligente à dire, mais je me retrouvais face à un sexe incroyable, en érection rien que pour moi. Mon cerveau s'embrouilla. J'assimilai sa couleur bronzée, un peu plus foncée que le reste de sa peau. Une veine parcourait son membre épais sur toute sa longueur. Bon sang, mes pensées ressemblaient à celles d'une fille dans un roman érotique, mais son sexe ?

Ouah.

Son gland était large, comme un casque de pompier. Son bord épais me contracta le vagin à l'idée que j'allais bientôt me glisser dessus.

Les mains de Kiel pendaient de chaque côté de son corps, mais je vis ses doigts se refermer en poings, comme s'il se retenait de me toucher. Je vis une goutte de liquide préséminal perler sur sa fente et je me léchai les lèvres. Je jetai un regard à Kiel, vis la hâte dans ses yeux. Il attendait de voir ce que j'allais faire.

C'était lui qui était à nu. J'étais toujours complètement habillée, me permettant de choisir ce qui se passerait ensuite. Oui, il avait envie de me baiser. Et il finirait sans doute par y arriver, s'il me convainquait. Mais il n'aurait pas beaucoup d'efforts à faire.

Oh, que non.

Je regardai de nouveau son sexe et me laissai tomber à genoux, à quelques centimètres de sa chair palpitante. Son grognement de désir fut remplacé par un grondement de plaisir lorsque ma langue lécha cette goutte de fluide.

J'avais lu des romans d'amour, certains assez pimentés, et ils m'avaient mis dans tous mes états. J'avais sorti mon vibromasseur et m'étais donné des orgasmes, en fantasmant sur le héros.

J'avais pris ça pour de l'excitation. Mais non, ce n'était rien du tout. Une vague attirance, tout au plus. Mais avec Kiel ? C'était un désir ardent. Plus je passais de temps avec lui, plus j'en avais envie. J'étais impatiente. Désespérée. Frénétique.

Sans ça, je ne serais pas à genoux, en train de le goûter. J'aimais embrasser un homme avant d'envisager de le sucer. Mais avec Kiel ? Il n'y avait plus aucune règle. Il n'y avait pas de manuel pour ça. J'étais guidée par le désir. Et je voulais qu'il tremble sous mes doigts. Je voulais le conquérir. Je voulais qu'il soit si fou de désir, qu'il me jette sur le lit et me baise jusqu'à ce que je le supplie.

De ma main droite, j'agrippai la base de son sexe. Mes doigts n'arrivaient pas à se refermer complètement dessus. Arriverait-il à me pénétrer ? Étais-je capable d'accueillir un sexe aussi épais ? Aussi dur ?

Je m'en soucierais plus tard. Pour le moment, je voulais le sentir sur ma langue, le goûter davantage. D'autres gouttes sortirent et je les récupérai alors que sa main se posait doucement sur ma tête. Lorsque je commençai à lécher son gland comme une glace, ses doigts se refermèrent sur mes cheveux.

Lorsque j'écartai les lèvres pour le prendre dans ma bouche, il me tira les cheveux. Il grogna et mes propres bruits de plaisir en sentant cette légère douleur se perdirent dans ce son.

Ma main libre se posa sur sa cuisse pour m'éviter de perdre l'équilibre, mes doigts sur sa peau nue, ses poils bouclés réveillant davantage mes sens.

Je ne pouvais pas le prendre en entier. Je n'étais pas une star du porno, même si je doutais qu'elles en soient capables. Il était juste... trop imposant. Alors je le pris comme je pus, le plus profondément possible, mon poing à la base de son sexe pour le soulager tout entier, je l'espérais.

« Lindsey. »

Mon nom était un aboiement, rauque et guttural, et j'en eus des frissons.

Il me tira en arrière. Je levai les yeux vers lui entre mes cils.

« Tu veux que j'arrête ? »

Il écarquilla les yeux, l'air presque fou.

« Par les dieux, non. Mais je risque de jouir en quelques secondes comme un adolescent sans expérience. J'ai beau avoir envie de baiser ta petite bouche, je suis loin d'en avoir terminé avec toi, et je veux jouir dans ta chatte. »

C'était comme ça que les femmes tombaient enceintes. Dieu merci, ma gynécologue m'avait fait mon injection contraceptive le mois dernier. Pas de bébé pour moi. Je pourrai profiter du moment. J'aimais mon fils, mais je n'étais pas capable de m'occuper d'un autre enfant pour l'instant, toute seule.

Mais Kiel ? Ça, c'était pour moi. Pour la première fois depuis des années, j'allais penser à moi.

Et ce que je voulais, c'était ce guerrier baraqué.

Pas de regret. Pas d'erreurs. Être avec lui était trop fort, trop parfait pour avoir des regrets. Sa virilité ne faisait aucun doute. Ses bourses étaient imposantes et pendaient lourdement entre ses cuisses. J'étais prête à m'allonger et à le laisser me prendre immédiatement, grâce à son goût sur ma langue, aux choses charnelles qu'il m'avait dites.

Tout ce à quoi je pensais, c'était à son sexe en moi, qui m'étirerait. J'étais déchaînée. Désinhibée.

Wyatt m'attendait à la maison, mais ça ? Ça, ça annonçait une nuit torride, quelque chose dont j'avais vraiment besoin. Pas d'attaches. Pas de répercussions. Rien d'autre qu'une amourette avec un extraterrestre. J'aurais le lendemain pour en apprendre plus sur ce monde, surtout sur cette baguette bleue qui semblait tout guérir. Elle avait soigné les grands guerriers aux os cassés, alors elle pourrait sans doute guérir la jambe de Wyatt. J'étais sur la bonne piste. Trouver des infos, récupérer l'argent et rapporter une baguette bleue pour mon fils. J'avais beau m'être fait attraper, les choses marchaient bien pour moi. Surtout qu'un alien à moitié nu était prêt à me baiser comme une bête.

Je me détendis et quand il me prit le poignet et me mit debout, je ne réfléchis pas. Je me soumis sans rechigner. J'avais déjà pris la décision de me donner à lui. À présent, tout ce que je voulais, c'était profiter du moment.

5

Je savais que c'était compliqué. J'avais beaucoup de choses à apprendre de Lindsey, la terrienne qui était apparue comme par magie sur la planète. Maxime allait vouloir lui parler. Comment avait-elle atterri dans les conduits ? Que faisait-elle là ? Comment était-elle entrée dans la salle de livraison ? Krael avait détruit l'équilibre paisible de la planète, l'illusion de sécurité qui y régnait, et tout le monde était sur les nerfs. Terrifié. Des guerriers étaient morts, et beaucoup s'inquiétaient d'être les prochains. Nous avions beau être en exil, nous étions censés être en sécurité. Des compagnes travaillaient et vivaient désormais parmi nous.

Je me foutais de tout ça. Tout ce qui m'intéressait, c'était Lindsey. J'aurais dû la livrer à Maxime. J'aurais dû lui poser toutes les questions qui s'accumulaient dans ma tête. Mais c'était ma compagne marquée et c'était plus fort que tout.

Je n'avais pas besoin de réponses de sa part pour savoir

que ce n'était pas une traîtresse. J'ignorais par quel miracle elle était venue à moi, ou comment elle avait fait pour apparaître comme par magie. Ça n'avait pas d'importance. Elle était à moi. Et elle venait de me sucer avec un enthousiasme qui avait bien failli me faire jouir sur le champ. J'avais très envie d'éjaculer dans la chaleur mouillée de sa bouche, mais je voulais sa chatte. Je voulais m'enfoncer profondément, ne faire qu'un avec elle et la remplir. Je connaissais le pouvoir de la marque et je savais que mon désir pour elle ne deviendrait que plus intense.

Je percevais également son désir, savais qu'il deviendrait de plus en plus fort, jusqu'à ce que je la revendique enfin. Je mourais d'envie de me lier avec elle, mais il y avait trop de non-dits entre nous. Lorsque je la ferais mienne pour de bon, il fallait qu'elle sache ce qui était en train de se passer et qu'elle le choisisse en toute connaissance de cause. Qu'elle me choisisse moi.

En attendant, nous découvririons nos corps respectifs. Je découvrirais ce qui la faisait frémir, ce qui la faisait gémir. Je la ferais jouir encore et encore, jusqu'à ce que seul mon nom emplisse ses pensées, que le plaisir que je pouvais lui donner la rende aveugle à tout ce qui se dressait entre nous. Il y avait beaucoup de choses, mais ça pouvait attendre.

La baiser ne pouvait pas attendre.

Quand je l'eus remise debout, je posai mes mains sur ses petites épaules et commençai à la faire reculer vers le lit.

« Tu es trop habillée, lui dis-je.

— C'est vrai. »

Je n'avais pas besoin de lui demander si elle consentait ; elle s'était mise à genoux pour me sucer. J'aurais tout arrêté tout si elle me l'avait demandé, mais lorsqu'elle retira son tee-shirt-armure, j'eus ma réponse.

Quand elle révéla ses sous-vêtements, je me figeai, fasciné.

Elle se débarrassa d'une de ses bottes, puis de l'autre, avant de faire glisser son pantalon le long de ses hanches.

« Qu'est-ce que c'est que ça ? » demandai-je.

Elle baissa les yeux sur son corps parfait, sur le tissu rouge transparent mêlé de dentelle brillante qui couvrait ses petits seins. Plus bas, un triangle assorti couvrait son entrejambe. Des lanières fines lui entouraient les hanches pour se rejoindre dans son dos. Je lui posai une main sur la hanche, la fis tourner et m'aperçus qu'aucun tissu ne lui couvrait les fesses, seule une ficelle qui disparaissait entre ses deux globes en forme de cœur. Je la refis tourner pour qu'elle se retrouve de nouveau face à moi.

Elle leva les yeux vers moi avec un sourire coquin.

« Ça te plaît ?

— Si ça me plaît ? » dis-je dans un grognement.

Je n'avais jamais rien vu de tel. C'était séduisant, charmant et cela me donnait hâte de découvrir ce qui se trouvait en dessous. Je ne voyais pas ses tétons, à part leur forme durcie sous le tissu, fin, mais j'en imaginais la couleur.

Je fis un pas en arrière, pris mon sexe en main et me mis à le caresser lentement, pour essayer de soulager la douleur.

« Ça ne peut pas être légal sur Terre, » dis-je.

Elle rit, et se passa le dos des doigts sur un sein, puis sur l'autre.

« Tu veux que je l'enlève, alors ? »

Lentement, je secouai la tête.

« Non. C'est mon boulot, dis-je sans cesser de me caresser. Allonge-toi sur le lit. »

Ma compagne était une diablesse. Elle se retourna, posa un genou sur le matelas moelleux et rampa dessus, ses fesses parfaitement mises en valeur, la petite ficelle rouge me provoquant en me cachant ce qui se trouvait en dessous. De ma main libre, je lui donnai une petite tape sur une fesse. Une marque en forme de main apparut immédiatement sur sa peau, de la même couleur que son sous-vêtement scandaleux.

Elle poussa un petit cri aigu, puis se retourna sur le dos, appuyée sur les coudes. Il n'y avait aucune colère dans son regard pâle, seulement de la chaleur. Ardente. Il était temps d'attiser les flammes.

Je lâchai mon sexe. Il se contracta de désir, mais il devrait attendre. J'avais des choses à faire à ma compagne d'abord.

J'attrapai une cheville fine et la fis glisser sur le côté du lit, avant de lui écarter les jambes. Sous cet angle, je voyais que le bout de tissu qui dissimulait son entrejambe était foncé, taché par son désir. L'idée de la goûter me faisait saliver.

Je lui attrapai l'autre cheville et la tirai vers moi, puis je m'agenouillai au sol, juste au bord du lit. Je lui passai les bras sous les genoux et lui glissai les jambes au-dessus de mes épaules. Elle était si petite, si menue, que je craignais de me montrer trop brusque, mais elle ne se plaignit pas, se contentant de pousser un gémissement surpris.

Son sexe était juste devant moi. Je pris une grande inspiration. Ça... ça, ce n'était pas dans le rêve. Son odeur entêtante me tira quelques gouttes de liquide préséminal. Du bout du doigt, je touchai le tissu doux.

« Comment ça s'appelle ? »

Elle était toujours hissée sur les coudes et elle me regardait.

« Mon string ? »

Je passai le doigt sur chaque centimètre du *string*.

« C'est un vêtement réglementaire pour les guerriers, sur Terre ? »

Elle secoua la tête.

« Je ne pensais pas que quelqu'un me verrait en sous-vêtements. »

Je grognai alors, à l'idée que quelqu'un d'autre la voie dans cette tenue sexy. Cela ne fit que m'encourager à la voir tout entière.

Je sus que j'avais caressé son clitoris lorsque ses jambes se contractèrent sur mes épaules. Je formai un crochet avec mon doigt, repoussai le bout de tissu sur le côté et la vis pour la première fois.

Rose et mouillée, sa chair était lisse. Gonflée. Parfaite.

Je lui jetai un regard rapide, vis la façon dont elle se mordait la lèvre du bas, comme si elle se retenait de me supplier et je baissai la tête.

Je la goûtai.

Elle posa la main sur ma tête, me passa les doigts dans les cheveux. Tira. La légère douleur ne fit qu'intensifier mon plaisir. Je n'étais pas doux. Je ne pouvais pas l'être, et pourtant, jamais je ne lui ferais de mal.

Non, je la poussai dans ses retranchements, son goût sur ma langue s'emparant de mon esprit, de mes sens.

Elle était si sensible, si mouillée que je lapai son désir en passant la langue sur son clitoris.

« Je t'en prie, me supplia-t-elle en m'enfonçant les talons dans le dos pour m'attirer contre elle. »

Je ne pouvais rien lui refuser, pas maintenant. Une autre fois, peut-être, quand nos ébats se feraient plus taquins. Mais cette fois, c'était très sérieux.

Empressé.

Frénétique.

Sauvage.

Je glissai deux doigts en elle et les pliai, trouvant immédiatement la zone spongieuse qui lui fit lever le menton en criant. Je ne cessai pas de bouger la langue, la poussant vers le plaisir alors que son vagin se contractait sur mes doigts, les attirant en elle comme si elle en voulait plus.

Et elle en voulait plus. Ma bouche ne suffisait pas. Ne suffirait jamais.

Je me mis debout, m'essuyai la bouche du dos de la main, puis me déshabillai. Je le fis rapidement, impatient de la sentir autour de moi à nouveau. J'aimais la façon dont ses yeux s'écarquillaient en me regardant, dont elle était allongée face à moi, les jambes écartées. Elle leva une main vers moi. Je la chassai, m'emparai des ficelles qui lui entouraient les hanches et arrachai la pièce de tissu. Elle était nue devant moi, à présent, à l'exception du tissu super sexy qui lui couvrait les seins.

« Comment on enlève ça ? » lui demandai-je.

Elle garda les yeux sur moi en défaisant un fermoir entre ses seins. Le vêtement s'ouvrit, et ses deux petits globes parfaits apparurent.

Je poussai un grognement.

« Je vais te baiser, maintenant. D'accord ? » demandai-je d'une voix rauque.

Si elle disait non, je réprimerais mes bas instincts, mais elle hocha la tête et souffla :

« D'accord. »

Je lui passai de nouveau les bras sous les genoux, mis mon sexe en place et me glissai en elle.

« Oh, Seigneur, dit-elle en fermant les yeux.

— Bon sang, » murmurai-je.

Mes pieds étaient posés par terre et j'étais dans la position idéale pour me glisser en elle et faire des va-et-vient. Je la pénétrai entièrement et ses parois s'ajustèrent à ma taille.

Tout en gardant une main derrière l'un de ses genoux, je me penchai en avant, l'autre main posée sur le matelas à côté de sa tête.

« Regarde-moi, » dis-je.

Elle ouvrit les paupières, ses iris autrefois pâles désormais d'un vert foncé orageux.

« Je veux te regarder jouir, sentir quand tu te contracteras sur ma queue. »

Ses parois se contractèrent à nouveau. Je me retirai, puis m'enfonçai à nouveau.

« Cette chatte est à moi. »

Elle se cambra et me passa les mains dans le dos, m'égratignant de ses ongles.

Mon orgasme me monta le long de l'échine, mes bourses se contractèrent. Je ne pouvais pas m'arrêter, ne pouvais pas faire autre chose que de la pénétrer encore et encore, la caresser de l'intérieur avec mon membre, sentir chaque centimètre d'elle.

« Jouis à nouveau, » dis-je.

J'étais autoritaire et très présomptueux, mais c'était ma compagne et je savais exactement ce qu'il lui fallait. Je savais qu'elle jouirait sous mes ordres, alors que je ne pouvais retenir mon propre plaisir.

Ses muscles se contractèrent, ses parois aspirant ma semence. Elle ne cria pas, cette fois ; elle était sans voix, la bouche ouverte alors qu'elle se délectait du plaisir que je lui donnais.

Son orgasme était le mien.

« Mienne, » je rugis alors qu'elle me donnait ce que j'avais toujours voulu.

Il ne s'agissait pas d'une branlette. Il ne s'agissait pas d'un petit coup vite fait. Non, c'était ma compagne et nous formions un tout.

Mon orgasme me parcourut et je l'emplis, me déversai en elle. La marquai. Je ne l'avais pas revendiquée, mais cela viendrait.

Pour l'instant, je me contentai de m'écrouler sur elle, satisfait de la sentir dans mes bras, mon sexe profondément enfoncé en elle. Je l'avais trouvée et je ne la laisserais jamais partir.

∼

Lindsey

Le gouverneur de cette base était un extraterrestre et il était effrayant. Il ne ressemblait pas du tout à un humain, pas comme mon Kiel. Et il était gigantesque, au moins deux mètres quinze, avec des épaules deux fois plus larges que celles d'un homme normal. Il s'appelait Maxime et sa peau était d'une couleur cuivrée vive et foncée. Ses yeux étaient de la couleur du café et ses cheveux étaient presque noirs. Il avait les traits taillés à la serpe, son nez et ses pommettes un peu trop anguleux pour être humains. Et en cet instant, il n'était pas très content de moi. Sa compagne Rachel non plus.

Ils l'avaient fait venir au bout d'une heure, en pensant peut-être qu'une présence féminine me ferait changer de version.

Mais c'était hors de question. D'accord, je mentais, mais je n'avais pas le choix. Si je ne retournais pas sur Terre, mon fils serait blessé. Peut-être même tué. Je pris une grande inspiration et resserrai ma poigne sur les accoudoirs du fauteuil trop grand dans lequel j'étais assise. Mes pieds pendouillaient au-dessus du sol comme si j'étais de retour à la maternelle. Je me sentais petite et vulnérable. Et je détestais cette impression.

« Je vous l'ai dit. Je suis journaliste. Je serai très bien payée si je ramène des articles sur la Colonie.

— Essayez encore, Lindsey. On ne croit pas du tout à votre histoire. »

C'était la compagne du gouverneur, Rachel, qui parlait. Elle avait les bras croisés et je connaissais cette expression. Elle était terrienne, comme moi. Son accent était américain, comme le mien. Mais contrairement à moi, elle semblait heureuse d'être là. Elle portait un uniforme vert foncé, ce qui, je l'avais appris, voulait dire qu'elle travaillait à l'infirmerie. Sur Terre, elle avait été biochimiste, ou quelque chose du genre. Un métier qui impliquait beaucoup trop de maths et de science à mon goût.

Malheureusement, elle était brillante et j'avais l'impression de me faire gronder comme une écolière. Je craignais qu'elle ne puisse lire en moi comme dans un livre ouvert. Le regard que me lançait Kiel n'était d'aucune aide. De tous les gens présents dans la pièce, c'était à lui que j'aimais le moins mentir. J'avais envie de me jeter dans ses bras, de pleurer pendant deux heures et de le laisser s'occuper de tout. Malheureusement, il était exilé sur la Colonie, et je devais rentrer chez moi, à des années-lumière de là. Wyatt avait besoin de moi. Et même si les moments passés avec Kiel avaient été merveilleux, ils étaient également doux-amers, car je savais que je ne pouvais pas rester. Je n'étais pas ce genre de mère. Mon fils passait avant tout. Et si ça voulait dire que je devais vivre sans Kiel, alors mon fils devrait me suffire.

Je fermai les yeux et me remémorai ses adorables fossettes, ses yeux bleus pleins de confiance et sa petite main dans la mienne. Le simple fait de penser à lui me faisait mal au cœur. Son bonheur était plus important que le mien. Il était plus important que moi. Qu'est-ce que j'étais, après tout ? Une jeune diplômée, incapable de garder un homme une fois qu'il savait que j'avais un enfant ?

Non. J'étais une mère. J'élevais un jeune garçon pour qu'il devienne meilleur que son père. Et ça devrait suffire. Non, ça suffisait tout court. Je pris mon courage à deux mains, ouvris les yeux et regardai Rachel bien en face alors que je mentais.

« Je pourrais gagner cent mille dollars, Rachel, dis-je en haussant les épaules de mon air le plus innocent possible. D'autres journalistes vont arriver.

— Sérieusement ? dit Rachel en levant les yeux au ciel. C'est de la folie.

— De la curiosité, plutôt, la contredis-je. Depuis la mort du capitaine Brooks, les théories du complot les plus folles sont partout sur internet. »

J'agitai les mains en l'air pour indiquer que je parlais de la Colonie, et poursuivis :

« Ils pensent que c'est une espèce de prison. Que la Coalition capture nos soldats et les enferme ici sans jugement. Qu'ils sont torturés et privés de leur liberté, réduits en esclavage. Et beaucoup de gens y croient. »

Elle leva les yeux au ciel.

« Bon sang. Pas étonnant qu'ils aient du mal à recruter des soldats terriens, ces derniers mois, marmonna Rachel.

— Le nombre de guerriers terriens a diminué depuis la mort de Brooks. Mon frère m'a dit que le nombre de recrues a baissé de moitié, » dit Maxime, ses sourcils noirs froncés.

Je me penchai instinctivement en arrière, mais Kiel était là. Lorsque sa main se posa sur mon épaule, j'eus de nouveau les idées claires. Il n'était pas à moi, mais il ne laisserait rien m'arriver. Je le savais avec certitude et mon corps tout entier souffrit à l'idée de devoir le quitter. Mais c'était un habitant de la Colonie. Un extraterrestre. Et il fallait que je rentre chez moi.

Je n'avais pas vraiment réfléchi à ce que tout cela impliquait. Ou à ce qui arriverait si la Terre n'envoyait pas le nombre de soldats promis pour faire la guerre. Ce n'était pas mon problème, ou en tout cas, c'était ce que je croyais. Jusqu'à présent. Comment ces problèmes-là avaient-ils influé sur mon interrogatoire ?

« Qu'arrivera-t-il à la Terre si on n'envoie pas assez de soldats ?

— Ou de compagnes ? compléta Rachel.

— Nous prendrons ce qu'il nous faut, répondit Maxime sans hésitation. La Terre ne peut pas se permettre d'échouer. »

Il arpenta la pièce durant un moment avant de se diriger vers un écran de contrôle tandis que je regardais Kiel pour qu'il me donne une explication.

« Combien d'habitants compte la Terre, Lindsey ? »

Je secouai la tête.

« Je ne sais pas. Huit ou neuf milliards. Dans ces eaux-là. »

Je vis Rachel hocher la tête du coin de l'œil.

« Et ils se transformeraient tous en soldats de la Ruche, ajouta Rachel. Mieux vaut les sauver maintenant plutôt que les combattre plus tard, quand ils auront été intégrés. »

Intégrés. Ce mot m'envoya un frisson glacé le long de la colonne vertébrale.

Mon regard suivit Maxime alors qu'il faisait apparaître une image sur l'écran mural face à lui. Je me tendis en reconnaissant les murs blanc et gris, le sol poli, et le logo du Programme des Épouses Interstellaires sur l'uniforme de la femme qui faisait face à l'écran. Je ne lui avais jamais parlé, mais je l'avais vue lorsque les autres m'avaient fait entrer dans le bâtiment pour que je me cache dans le vaisseau de livraison.

« Gardienne Égara. Salutations de la Colonie. »

Maxime s'inclina légèrement et la terrienne sourit. Ses cheveux étaient bruns et tirés en chignon, comme une danseuse étoile. Cette coiffure la faisait apparaître bien plus sévère et sérieuse que son âge le suggérait. Elle était très jolie et pas beaucoup plus vieille que moi.

« Maxime. Rachel ! Comment allez-vous ? »

Rachel souriait et il semblait évident que les deux femmes étaient amies, ou du moins, qu'elles s'entendaient bien.

« Je vais très bien. Merci. »

La gardienne hocha la tête et retourna son attention vers le gouverneur, les yeux plissés.

« Je ne me plains pas d'avoir de vos nouvelles, Maxime, mais en général, elles ne sont pas bonnes. Que puis-je faire pour vous ?

— Vous avez raison. Les nouvelles ne sont pas bonnes. »

Maxime se tourna vers moi et me fit signe de m'avancer. À contrecœur, je m'exécutai. Je n'avais pas le choix.

« Cette femme s'est débrouillée pour arriver sur la Colonie à bord de l'un des grands vaisseaux-cargo de la Terre, reprit-il. Il faut que je sache qui l'a aidée et pourquoi. »

La gardienne écarquilla les yeux, puis elle reprit son regard sévère et se tourna vers moi.

« Qui êtes-vous, ma chère ? »

Je m'éclaircis la gorge.

« Je m'appelle Lindsey Walters. Je suis journaliste. »

Je l'entendis prendre une inspiration rapide.

« Journaliste ? Pour qui ?

— Je suis indépendante.

— Je vois. »

Elle pencha la tête de côté en me regardant fixement, mais c'est à Maxime qu'elle s'adressa ensuite :

« Elle a un implant de langage ? »

Maxime tendit le bras vers moi, mais Kiel s'interposa entre nous avant que la main du gouverneur me touche le visage.

« Ne la touchez pas. »

La gardienne Égara écarquilla les yeux.

« Levez la main, Lindsey. Je dois voir votre paume. »

Eh, merde. Je savais exactement ce qu'elle voulait, alors je levai mon autre main, celle qui n'avait pas de marque.

« L'autre main aussi. »

Mince. Elle n'était pas bête. Je levai l'autre main, la paume vers l'écran et elle se pencha en arrière, comme surprise.

« Vous portez la marque d'Evéris. »

Bon. C'était nouveau, ça. Mais je savais que c'était ce qui créait l'alchimie entre Kiel et moi. Je baissai la main et attendis de voir ce qui se passerait ensuite. Mais la gardienne était efficace et obstinée. Elle regarda Kiel.

« Chasseur, est-ce qu'elle a un implant de langage ? »

Kiel leva les yeux vers elle.

« Vous savez ce que je suis ?

— Bien sûr. J'ai envoyé des dizaines de compagnes marquées à la Pierre Angulaire d'Evéris. J'ai déjà vu cette marque. »

Kiel hocha la tête, acceptant son explication alors que les questions tournaient en boucle dans mon esprit. Des compagnes marquées ? La pierre angulaire ? Evéris ? Était-ce l'ancienne planète de Kiel ?

« A-t-elle un implant de langage ? » demanda la gardienne pour la troisième fois.

Kiel leva la main et la passa sur la petite bosse située sous ma peau, là où le médecin glacial avait inséré une aiguille au moins trois fois plus grosse que nécessaire.

« Oui. Elle en a un. Mais à moins que Lindsey soit une linguiste experte, c'était déjà évident. »

La gardienne nous demanda à tous d'attendre une minute, et nous la regardâmes se diriger vers une succession de petits écrans, comme une suite d'ordinateurs. Lorsqu'elle revint, son regard n'était pas amical pour un sou.

« Le seul moyen de transport envoyé sur la Colonie provenait de la station de préparation de Miami, dit-elle avec un rictus dans ma direction. Ma station. »

Oui. Elle avait raison. J'avais pénétré dans ce bâtiment, je lui avais filé entre les doigts. Je n'arrivais pas à soutenir son regard. Je n'étais pas une très bonne menteuse, de toute façon. Et là, je n'allais même pas essayer de cacher la vérité.

« Qui vous a aidé ? demanda-t-elle. Qui vous a donné l'implant ? Qui vous a fait monter à bord du vaisseau ? »

Kiel s'adressa à elle sans me quitter du regard, la main sur ma nuque avec une possessivité évidente. Je n'avais pas le cœur à le repousser. C'était la seule personne qui était de mon côté dans cette pièce.

« Elle est arrivée en armure de combat et avec un respirateur, » dit-il.

La gardienne siffla.

« Vous avez des amis riches. »

Je secouai la tête.

« Ce ne sont pas mes amis. Ils tiennent vraiment à cet article, c'est tout.

— Quel article ? » demanda la gardienne Égara.

Bon, c'était une vérité que je pouvais lui avouer.

« Ils pensent que cet endroit est une prison et que nos soldats sont envoyés ici pour servir d'esclaves aux extraterrestres. Ils m'ont envoyée ici pour que je fasse des recherches, que je fasse des vidéos et que j'écrive un exposé sur cette planète prison et les crimes de guerre dont sont victimes nos hommes. »

Le gouverneur s'éclaircit la gorge.

« C'est ridicule. C'est la Terre qui refuse d'accepter ses propres guerriers une fois qu'ils sont contaminés. Ils sont ici parce que leur planète ne leur donne pas la permission de rentrer chez eux.

— Quoi ? dis-je en me retournant brusquement pour le regarder. Qu'est-ce que vous racontez ? »

Rachel se frotta les tempes à deux mains.

« Nom de Dieu. C'est n'importe quoi. »

Elle se tourna vers la gardienne et ajouta :

« On trouvera qui l'a envoyée ici et on vous transmettra l'information.

— Merci. J'attendrai. »

La gardienne hocha la tête une fois de plus, me jeta un regard noir comme si j'avais assassiné un chiot et l'écran devint noir.

Mais Rachel n'en avait pas fini avec moi. Elle tourna les talons et me fusilla du regard.

« Vous avez du culot, dit-elle.

— Qui nous a trahi sur Terre ? Qui vous a envoyée ici ? demanda Maxime d'un ton impérieux.

— Je suis journaliste. Je suis désolée. Je ne peux pas révéler mes sources. »

C'était une piètre excuse. S'ils voulaient me torturer, me battre pour que j'avoue, ils pouvaient essayer. Tout ce qui m'importait, désormais, c'était retrouver Wyatt. J'avais découvert assez de choses pour savoir que la Colonie avait un problème de relations publiques avec la Terre, rien de plus sérieux. Ou en tout cas, à en croire ce que j'avais entendu. Et je le croyais.

« D'accord. Si vous voulez partager la vérité à propos de la Colonie, on va vous la donner. Ça changera des mensonges qui circulent sur Terre, » dit Maxime.

Il avait une nouvelle expression sur le visage. Je ne connaissais pas ces extraterrestres, alors je ne savais pas comment interpréter cette expression, mais en tous cas, il ne semblait pas fâché, alors c'était un bon point.

« Kiel, donnez-lui du matériel pour enregistrer et faites-lui visiter la base. Trouvez les guerriers terriens et laissez-la leur parler, découvrir leurs histoires. Faites des vidéos. Regardez autour de vous, femme. Découvrez la vérité. Ensuite, on vous renverra chez vous.

— Quoi ? s'exclama Rachel alors que Kiel protestait.

— Non. Elle restera ici. »

Je secouais déjà lentement la tête, encore et encore. Non. Non. Non. Je ne pouvais pas rester. Je soutins le regard de Maxime, car il semblait être la seule personne sensée de la pièce, en cet instant.

« Je ne peux pas rester, » dis-je.

Rachel croisa les bras sur sa poitrine.

« Tu ne peux pas la laisser rentrer, Maxime. Dieu seul sait quel genre de mensonges elle fera circuler dans la presse. Si elle rentre, on risque de ne plus recevoir d'autres compagnes.

— Je ne ferais jamais ça. »

Mes protestations tombèrent dans l'oreille d'un sourd alors que la voix pleine de colère de Kiel emplissait la pièce :

« Elle doit rester sur la Colonie. »

Maxime plissa les yeux, mais je secouais toujours la tête de droite à gauche, déterminée.

« Je dois rentrer sur Terre. Je ne resterai pas ici. »

Je jetai un regard en arrière et vis de la douleur et de la colère dans les yeux de Kiel. Le voir ainsi faillit me briser le cœur, mais j'avais Wyatt. Kiel avait beau être fantastique et sexy, ses baisers avaient beau être ardents, les orgasmes qu'il me donnait avaient beau être à couper le souffle... je devais retrouver mon fils.

— Je ne peux pas rester ici. »

Maxime intervint :

« Elle ne fait pas partie du Programme des Épouses Interstellaires. Elle ne fait pas partie de la Coalition. Elle n'est pas contaminée. Si elle ne souhaite pas rester, on doit la renvoyer chez elle. Les protocoles de la Coalition exigent qu'elle rentre en toute sécurité sur sa planète d'origine. »

Les mots du gouverneur sonnaient comme le glas dans la pièce et il s'éclaircit la gorge, visiblement mécontent.

« Et par téléportation, cette fois. C'est bien compris ? »

Rachel se posa la main sur la nuque, comme si quelque chose lui faisait mal et elle pâlit, comme si elle était sur le point de s'évanouir.

Mais c'était à moi que parlait Maxime, alors je hochai la tête, soulagée de ne pas être prisonnière de cette drôle de planète.

« Oui, Monsieur. Merci.

— Nous vous donnerons les informations qui vous ont poussée à effectuer un si long voyage. Pour que vous voyiez la vérité. Que vous l'entendiez. Vous rentrerez par téléporteur à Miami, où la gardienne Égara souhaitera vous dire deux mots, je n'en doute pas.

— D'accord. »

Peu importe. Je n'étais pas prisonnière. Je ne serais pas prisonnière non plus en rentrant chez moi. La gardienne ne pourrait pas m'empêcher d'aller retrouver mon fils.

C'était à mon tour de m'éclaircir la gorge, en ravalant mes larmes à l'idée d'abandonner Kiel.

« Quand puis-je rentrer ? »

Maxime me dévisagea un instant alors que j'ignorais toutes les autres personnes de la pièce.

« Combien de temps vous faut-il pour rassembler les informations pour votre rapport ? »

Je n'en avais aucune idée, mais pas longtemps.

« Un jour. Peut-être deux.

— Un jour. Vous quitterez la Colonie à cette heure-ci demain. Si vous ne restez pas, je veux que vous partiez le plus vite possible. »

Il jeta un regard à Kiel, qui faisait les cent pas derrière moi.

« Un jour, » répétai-je.

Cela devrait être largement suffisant. Demain après-midi, je serais de retour dans le centre de commandement, dans la salle des transports, en chemin pour retrouver Wyatt.

Et j'allais m'assurer d'être en possession de l'une de ces baguettes bleues.

Ma main forma un poing alors que je ravalais ma peine de devoir quitter Kiel. Cette possibilité le mettait tellement en colère. Non. Pas cette possibilité. Ce fait. J'emmerdais les gens qui m'avaient envoyée ici. J'emmerdais les médecins de Wyatt et leurs opérations hors de prix. J'avais vu ces baguettes bleues soigner des choses pires que les jambes brisées de Wyatt. L'un de ces instruments serait sans doute capable de le guérir, de lui permettre de courir et de jouer à nouveau. De lui rendre son rire. Voyager si loin, savoir qu'une telle technologie existait et ne pas l'emporter avec moi ? Impossible. J'en trouverais une et je la ferais sortir en douce.

Wyatt serait soigné, mais je serais brisée. Ou en tout cas, mon cœur le serait. Une journée, c'était tout ce qu'il me restait avec Kiel.

Comme s'il avait lu dans mes pensées, il vint se placer derrière moi, les mains sur mes épaules. Je sentis la possessivité dans son geste, la passion.

« « Non. C'est ma compagne marquée, Maxime. On doit demander au Prime Nial de faire une exception. »

Toute la posture de Maxime changea à ces mots et il jeta un regard à Kiel, au-dessus de ma tête.

« Vous en êtes certain ? Il n'y a pas de place pour l'erreur. Pas dans ces circonstances.

— Elle est à moi, fit Kiel, d'un ton bas et menaçant qui me fit battre le cœur. J'en suis absolument certain. Nous partageons nos rêves depuis son arrivée. »

Un partage de rêve. Alors, je n'étais pas folle ? Ce rêve que j'avais fait quand je dormais dans le vaisseau avait été *réel* ? C'était possible ?

« Elle est à moi, » répéta-t-il, et le gouverneur hocha la tête pour marquer son accord.

Seigneur, oui, j'étais à lui, mais ça ne changeait rien. Je ne pouvais pas rester.

« Je dois rentrer, » répétai-je.

Rien n'avait changé. Rien du tout.

« Je vais immédiatement contacter le Prime Nial, » dit le gouverneur.

Il m'ignorait et s'adressait à Kiel comme si je ne comptais plus. D'accord, c'était mon compagnon marqué, mais ça ne voulait pas dire que je le ferais passer avant Wyatt.

« Merci, Maxime, dit Kiel.

— Quoi ? Non ! C'est n'importe quoi, Maxime... »

Les protestations de Rachel se turent alors que ma tête tournait.

Qu'est-ce qui venait de se passer, au juste ? Un instant, j'avais gagné une visite guidée et un retour chez moi, et le moment suivant... Quoi ?

« Qui c'est, le Prime Nial ? » demandai-je.

La main de Kiel me glissa dans le creux des reins et me poussa vers la porte alors que Rachel continuait de protester. Visiblement, elle ne voulait pas se montrer aussi indulgente envers moi que son compagnon. Pour une raison ou pour une autre, elle était comme une maman ourse qui voulait protéger ses petits – ses petits aliens – quand elle estimait que quelqu'un les menaçait. Elle tentait de protéger ces grands hommes baraqués des femmes comme moi. Si la situation n'avait pas été aussi grave, ç'aurait été amusant.

Alors qu'elle était en mode protecteur, le gouverneur était diplomate. Il fallait qu'il fasse en sorte que la Terre collabore avec la Colonie, que cet endroit paraisse... positif. Il voulait que je rencontre les guerriers, que je les interroge et que j'écrive un article montrant la Colonie et la Flotte de la Coalition sous leur meilleur jour.

Les relations publiques étaient une vraie plaie quand le but était de vendre une guerre, surtout à une planète située à des années-lumière de là.

Ou en tout cas, c'était ce qui était censé se passer avant que Kiel... ne se transforme en homme des cavernes.

« Qui est le Prime Nial ? » répétai-je d'un ton plus dur.

Kiel m'arrêta dans le couloir, à l'extérieur de la salle de réunion et me plaqua dos au mur. Avant que je puisse protester, il posa sa bouche sur la mienne. Elle était chaude. Autoritaire. Dure.

Je n'avais aucune chance de résister et je m'ouvris à lui, accueillis sa langue dans ma bouche alors qu'il gémissait, ses mains posées sur mes hanches alors qu'il pressait son érection contre moi. Mon esprit se dispersa alors qu'il arracha ses lèvres aux miennes et qu'il enfouit le nez dans mes cheveux pour s'emplir les poumons de mon odeur.

« Le Prime Nial est le dirigeant de Prillon Prime, le chef du peuple prillon et le commandant de la Flotte de la Coalition tout entière. »

Nom de Dieu. Et ils allaient appeler ce type ? À mon propos ?

« Pourquoi est-ce que vous l'appelez ? En quoi je le concerne ? Je ne suis qu'une terrienne. »

Kiel frotta le nez contre mon cou, juste sous mon oreille et je fondis. Bon sang, il était irrésistible. La marque sur ma paume était en feu, si brûlante que je la frottai contre ma cuisse pour tenter de l'apaiser.

« Parce que tu es à moi, dit-il. Rachel est venue ici depuis la Terre parce qu'elle a été accouplée grâce au Programme des Épouses Interstellaires. Kristin aussi. Mais toi, tu es arrivée par des moyens moins... légaux. Ça n'a pas d'importance pour moi, tant que tu es ici et qu'on peut être ensemble, désormais. »

Je poussai un soupir, consciente que ce son était pitoyable et triste.

« Je ne peux pas rester, Kiel. »

Il poussa un petit grognement et ses mains se posèrent sur mes fesses.

« Mais si, compagne. Tu es à moi et je ne te laisserai pas partir. Le Prime demandera à la Terre de faire une exception.

— Une exception ? »

Ses lèvres étaient chaudes contre mon cou.

« C'est lui qui fait les règles. Il peut les modifier. Personne ne peut douter que nous sommes des compagnons marqués, toi et moi. C'est plus important que toutes les lois, toutes les règles de n'importe quelle planète. »

Eh merde. Il était en train de dire qu'à cause de la marque que j'avais sur la main, à cause de nos rêves partagés, à cause de mon désir pour lui, des lois pouvaient être ignorées pour que je puisse rester avec lui.

« Je ne suis pas ta compagne.

— Mais si. »

Il me souleva et mon dos glissa contre le mur alors qu'il plaçait mon clitoris contre son érection épaisse à travers son uniforme. Mon exclamation de surprise se transforma en gémissement lorsque mon sexe fut envahi de chaleur mouillée et que mes seins devinrent plus lourds. Je posai mon front contre l'épaule de Kiel et m'accrochai à lui avec un désespoir que je n'avais encore jamais ressenti. Pourquoi ? Pourquoi fallait-il que je réagisse ainsi à sa présence ? Pourquoi ne pouvais-je pas craquer pour un terrien, plutôt ? Il devait bien y avoir un mec sur cette planète capable de me faire ressentir ça.

« Et si je dis non ? demandai-je. J'ai lu que les Épouses Interstellaires avaient trente jours pour décider. Je n'aurai pas trente jours, moi aussi ? Ce Prime ne dira pas que j'ai trente jours ?

— Si, compagne. Sans doute que si. »

Kiel s'immobilisa et son dos se contracta alors qu'il me reposait sur mes pieds et reculait. Ses yeux étaient sombres et blessés. Mais je ne pouvais pas me laisser influencer.

Avec l'avenir de Wyatt en jeu, je n'osais pas faire autre chose que ce que j'avais promis. Je retournerais sur Terre avec la vérité. Je donnerais ces données aux personnes qui m'avaient engagée, des vidéos et des interviews. C'était à eux de voir ce qu'ils en feraient. S'ils voulaient des photos d'aliens effrayants sur une planète prison, c'était ce que j'allais leur donner.

Personne ne ferait de mal à mon bébé. Personne.

« On commence la visite guidée ? » demandai-je.

Les sourcils froncés, Kiel ouvrit la marche.

6

iel

Ma compagne décida que le meilleur moyen de découvrir la vérité, c'était d'interroger les guerriers qui vivaient sur la Colonie. D'obtenir des informations de la part de ceux qui habitaient ici. Ça me semblait logique, mais je m'en fichais. Je me fichais qu'une planète située à l'autre bout de la galaxie apprenne la vérité sur nous. Je n'avais aucune opinion là-dessus, car la seule chose qui m'importait, c'était de la garder avec moi. C'était mon travail en tant que compagnon de la garder en sécurité et heureuse. Rien de plus. Maxime et le Prime Nial n'avaient qu'à se soucier de la Terre eux-mêmes.

Maxime avait donné son accord pour demander au Prime d'accepter qu'une exception soit faite pour Lindsey. Que les dieux soient bénis. Je ne pouvais pas renoncer à elle. Chaque instinct, chaque cellule de mon corps lui appartenaient complètement. L'idée d'être séparé d'elle dans moins d'une journée me mettait en colère.

« Mettons la caméra et le micro ici, » dit Lindsey.

Elle pointait le doigt sur le fond de la cafétéria. Même si toutes les habitations possédaient une salle à manger, nous étions encouragés à manger tous ensemble et nous nous y tenions. Comme nous avions tous été retenus prisonniers par la Ruche, il était important de créer des liens nouveaux, de former une nouvelle famille, en quelque sorte.

La pièce était pleine de lumière grâce aux deux soleils qui brillaient par les fenêtres. C'était un endroit accueillant, fait pour rassembler les gens, pour leur montrer la beauté de leur nouveau monde dans toute sa gloire accidentée.

Je n'avais pas eu autant de mal à m'adapter et à m'intégrer que certains guerriers. Mais je comprenais comment les gens fonctionnaient. Si les Chasseurs d'Evéris étaient les meilleurs traqueurs qui soient, c'était aussi grâce à cet instinct.

Nous comprenions les besoins émotionnels des autres et les mettions à profit. Même à cette heure, une poignée de guerriers s'attardaient dans la grande salle, en pause, et jouaient avec des cartes et des pierres sur lesquelles figuraient des nombres. Deux d'entre eux étaient des Prillons que je reconnaissais, les capitaines Marz et Trax. Un Atlan était assis face à eux, le chef de guerre Rezzer, envers lequel j'avais une dette éternelle, car il avait protégé ma compagne dans l'arène avant mon arrivée. La dernière joueuse autour de la table était une autre femme humaine, Kristin. Elle était petite, mais à part ça, elle était tout le contraire de ma compagne.

Lindsey avait les cheveux dorés. Ceux de Kristin étaient blonds également, mais courts, plus courts que ceux de Rezzer, même. Kristin était voluptueuse, avec une poitrine généreuse et des lèvres pleines. Lindsey était mince, avec des petits seins, un ventre musclé et des fesses rebondies si parfaites que je ne pouvais pas m'empêcher de les toucher. Comme Lindsey, Kristin était terrienne. Contrairement à Lindsey, elle s'était portée volontaire pour devenir épouse et s'était joyeusement accouplée à Hunt et Tyran dès son arrivée. Elle ne rentrerait pas chez elle. *Chez elle*, c'était ici, désormais.

Le groupe assis là à nous attendre était composé de mes amis. Mon équipe d'investigation. C'était avec eux que je travaillais au quotidien pour trouver Krael, mes amis Chasseurs, ou ce qui s'en rapprochait le plus sur une planète où j'étais le seul de mon espèce.

J'étais le seul à être originaire d'Evéris. Le seul avait une étrange marque sur la paume, qui pulsait et s'éveillait, me poussant à revendiquer Lindsey et à me battre de toute mon âme pour la garder avec moi.

La solitude ne m'était pas étrangère. J'étais seul depuis si longtemps. Je l'étais déjà en rejoignant l'unité de Chasseurs d'Élite, puis pendant que la Ruche me gardait prisonnier et me torturait. Et enfin, ici, sur la Colonie. Une condamnation à vie, surtout si Lindsey retournait sur Terre.

Impossible.

J'avais refusé de m'inscrire au protocole du Programme des Épouses Interstellaires, refusant d'espérer. N'osant pas espérer.

Mais le destin m'avait tendu ma compagne marquée sur un plateau d'argent. Je savais qu'elle voulait me quitter, elle avait été très claire. Je ne savais pas encore pourquoi. Mais ce n'était pas par manque de désir. Je lisais l'excitation dans ses yeux quand elle me regardait, j'avais perçu son plaisir quand elle avait joui sur moi. Mais son désir était accompagné de regret. Pas pour notre lien, mais pour autre chose. Et je découvrirais quoi.

Ma compagne avait des secrets, mais si elle croyait pouvoir s'en aller comme ça sans me dire la vérité, elle se mettait le doigt dans l'œil. J'étais un Chasseur d'Élite. Où qu'elle aille dans l'univers, je la retrouverais. Son odeur faisait partie de mon ADN, désormais. Le son de sa voix était ce qui faisait battre mon cœur. Je ne pouvais pas la perdre.

J'avais envie de la jeter par-dessus mon épaule à nouveau et de l'emmener dans mes appartements, de l'y enfermer avec moi et de ne plus jamais la laisser sortir. Mais ça ne me donnerait pas les réponses que je cherchais. Elle refusait de me dire la vérité, alors j'allais devoir me servir de mon sixième sens de Chasseur pour découvrir les choses à ma manière.

Je posai le matériel d'enregistrement sur un coin d'une table et allai m'asseoir sur la table voisine, où mes amis étaient occupés à jouer. Visiblement, ils s'ennuyaient à mourir et m'attendaient alors que je négligeais mes obligations envers notre peuple, tout ça pour escorter une femme qui n'attendait qu'une chose : me quitter.

« Kiel ? »

En entendant la voix de Lindsey, je me retournai.

« Oui, compagne ?

— Arrête de m'appeler comme ça. »

Elle avait les mains sur les hanches et la tête penchée de côté alors qu'elle me grondait. Elle était adorable. Parfaite. Ça lui ressemblait tellement que je ne pus m'empêcher de sourire. Oui, l'envie de l'emporter dans ma chambre était très forte.

« Jamais, » dis-je.

Elle souffla sur sa frange pour se dégager les yeux et poussa un soupir.

« Très bien. Comme tu voudras. Je suis prête. Tu es sûr qu'ils viendront ? »

Je hochai la tête et me tournai vers Kristin, qui était assise sur la table, face à Lindsey. Elle était trop petite pour s'asseoir sur les chaises et elle détestait être plus petite que tout le monde.

« Kristin ? demandai-je. Combien d'humains se trouvent sur la Base 3 ? »

Kristin jeta une carte au milieu de la table et leva les yeux vers moi.

« Cinq, depuis Brooks. »

Derrière moi, Lindsey poussa un soupir.

« Seulement cinq ? Vraiment ? C'est tout ? »

Kristin posa les yeux sur ma compagne, son regard ni accueillant ni hostile, neutre. Neutre et prudent.

« Ils étaient six, avant la mort de Brooks. Huit, avec Rachel et moi. »

Kristin décroisa les jambes et marcha vers Lindsey.

« Tu viens d'où ?

— De Pittsburgh, répondit ma compagne. Et toi ?

— Je suis née à San Diego, mais j'étais fille de militaire. On déménageait tous les ans.

— Je suis désolée.

— Pas moi, dit Kristin en haussant les épaules.

— Où sont tes parents, maintenant ?

— Morts, » dit Kristin, avec un haussement d'épaules plus discret, cette fois.

Lindsey se figea et sa main s'arrêta à mi-chemin de la caméra qu'elle avait installée pour ses entretiens.

« Je suis désolée.

— C'est la vie. Lindsey, c'est ça ? »

Ma compagne hocha la tête.

« On a entendu parler de toi. Tout le monde est au courant. On doit avancer. Laisser des gens derrière nous. S'adapter. »

Ses mots étaient simples et c'était précisément ce que ma compagne avait besoin d'entendre. Être un compagnon marqué était nouveau pour moi aussi, mais je m'adapterais. Contrairement à Lindsey, j'en avais envie. Je voulais faire ma vie avec elle.

La réaction de Lindsey était tout sauf... adaptable. Elle se figea, et son sourire agréable devint dur et sec.

« C'est ce que tu as fait ? demanda-t-elle à Kristin. Tu t'es adaptée ? »

Kristin pencha la tête de côté dans un drôle de geste, ses yeux plus ombres et plus sérieux que jamais. Nous ne nous connaissions que depuis quelques semaines et étions tous les deux nouveaux sur cette planète, mais nous étions proches. Il le fallait, pour travailler ensemble. Mais pas aussi proches que Lindsey et moi. Pas aussi proches que Kristin et ses guerriers prillons.

Lindsey semblait comme hypnotisée alors que Kristin parlait :

« Le véritable amour est quelque chose de rare et c'est ce que j'ai trouvé ici. Toi aussi, tu le peux. »

Lindsey secoua la tête, catégorique.

« Non.

— Pourquoi ?

— Il fait que je rentre, répondit Lindsey en s'occupant les mains, redressant la chaise déjà parfaitement placée, ajustant la caméra, vérifiant la lumière.

— Pourquoi ? répéta Kristin d'une voix plus basse. Pourquoi ? Qu'est-ce qui est si important ? Tu es mariée, ou quelque chose comme ça ? »

J'écoutai avidement, tous mes sens en éveil pour écouter les réponses de Lindsey. Kristin lui posait les questions que je mourais d'envie de lui poser.

« Seigneur, non. »

La dénégation immédiate de Lindsey apaisa ma rage. Mais elle refusait de me regarder, de regarder Kristin.

Et que les dieux bénissent Kristin de la Terre. Je réalisais ce qu'elle était en train de faire, à présent. Sur Terre, elle était enquêtrice, membre d'une organisation qui pourchassait les criminels, tous comme les Chasseurs. Elle était très, très douée pour poser des questions, pour chercher la vérité.

Je restai immobile et silencieux pour qu'elle puisse continuer.

Lindsey sécha les larmes qui coulaient le long de ses joues et tout en moi se mit en alerte maximale. *Qu'arrivait-il donc à ma compagne ?*

Une part de moi avait envie de punir Kristin parce qu'elle rendait ma compagne triste, mais je me raisonnai. Ce n'était pas Kristin qui lui faisait du mal, c'était quelque chose sur Terre, qui la retenait.

Fasciné, je regardai les deux femmes interagir. Il se passait quelque chose d'étrange, mais je ne comprenais pas assez les nuances de la communication humaine pour déchiffrer leur conversation.

Apparemment, Lindsey avait décidé que cela suffisait et qu'elle n'en dirait pas plus. Elle ignora Kristin et se tourna vers moi, ses yeux brillants, son sourire trop large pour être sincère.

« Bon. Où sont ces cinq soldats humains ? Je suis prête. »

Kristin croisa mon regard avec un demi-sourire et je hochai la tête pour la remercier. Elle avait tenté d'abattre les barrières de Lindsey et je lui en étais reconnaissant. Mais si quelqu'un devait pénétrer son âme, il fallait que ce soit moi.

Kristin cria à Rezzer de les faire entrer – Maxime n'avait pas traîné pour mettre en place les entretiens – et l'Atlan gigantesque alla ouvrir la porte qui menait à une pièce plus petite. Les cinq guerriers humains qui vivaient sur la Base 3 entrèrent dans la cafétéria et prirent place autour de la table, face à ma compagne. Leur drôle d'assortiment d'implants de la Ruche était bien en évidence.

Ils portaient tous la même armure. Bien que ce ne soit pas obligatoire – seul Krael avait un jour représenté un danger sur cette planète –, ils se sentaient visiblement plus à l'aise dans cet accoutrement.

Lindsey se présenta et leur serra la main, calme, mais sur ses gardes. Ce n'était pas la coutume sur Evéris, mais puisque tous les hommes lui donnèrent une poignée de main sans que Lindsey et Kristin ne fassent de commentaire, ce devait être un geste familier.

Enfin, pas si familier que ça. Aucun d'entre eux ne regardait Lindsey avec du désir dans les yeux. De la curiosité, peut-être, en voyant une terrienne arriver en dehors du protocole.

Je regardai ma compagne commencer à leur poser des questions. Elle voulait tout savoir sur chaque guerrier. Où il était né. Où il était allé à l'école. Pourquoi il s'était porté volontaire pour faire partie de la Flotte de la Coalition et comment ils avaient atterri ici. En enfer.

Ma fierté enfla alors qu'elle convainquait les hommes de parler d'horreurs qu'aucun d'entre nous n'avait envie de revivre. Si Kristin était douée pour intimider les gens et leur faire avouer la vérité, Lindsey les charmait pour obtenir des réponses. Ils lui racontaient tout, en larmes, et décrivirent leur capture et les tortures subies en détail alors qu'elle les regardait avec de grands yeux pleins de compassion.

Elle les touchait avec douceur. Une main sur le poignet ou sur l'épaule. Elle leur prenait les mains, les réconfortait... Et je le permettais, car je voyais chez les soldats la même chose que je ressentais quand elle me touchait.

De la paix. De l'acceptation. De l'espoir là où il n'y en avait aucun.

Quand elle eut terminé, ils sortirent en rang d'oignon, plus calmes qu'ils ne l'avaient été depuis longtemps. Soulagés, peut-être, content que leurs histoires soient partagées. Était-ce parce qu'elle était humaine qu'ils s'étaient confiés, parce qu'elle les avait compris ? Toutes leurs histoires étaient différentes, mais ils avaient tous une chose en commun : ils venaient de la Terre, s'étaient battus, s'étaient fait capturer. Torturer. S'étaient échappés. Avaient été emmenés ici, pour vivre leur vie avec un semblant de bien-être.

Mais mon histoire était presque la même. Celle des Prillons et des Atlans aussi, sans doute. Ce qu'ils avaient révélé suffisait-il à Lindsey ? Les histoires de ces hommes suffiraient-elles pour les habitants de la Terre ? Serait-ce assez pour qu'elle envoie son film sans retourner sur Terre ?

Cette histoire était-elle la raison de son insistance à rentrer chez elle ? Non, la Terre ne resterait pas sa maison pendant très longtemps. Chez elle, c'était à mes côtés. Je fis les cent pas en respirant profondément.

Rezzer s'approcha d'un pas raide et s'assit dans la chaise d'entretien, soumis à la même série de questions.

« Qu'est-ce que tu fais, Rezz ? » demandai-je, perdu.

Il n'était pas terrien. Loin de là.

Il alterna les regards entre ma compagne et moi et se passa une énorme main sur la tête.

« Je dis la vérité. Il faut qu'ils sachent ce qu'il y a, là dehors. On a besoin de guerriers pour se battre. On a besoin d'Épouses pour guérir. La Terre doit participer. »

Rezz et Lindsey apprirent à se connaître alors qu'elle lui posait des questions sur sa planète d'origine, Atlan. Il passa partiellement en mode bestial pour elle, pour montrer ce qu'il était. Pour donner sa vérité.

Ma compagne était comme un aimant à vérité. Personne ne semblait capable de résister à la tentation, à la compréhension que les yeux verts de Lindsey leur offraient.

Rezz était le dernier à être interrogé et les épaules de Lindsey retombèrent quand elle lui eut posé sa dernière question. Les soleils s'étaient couchés et la pièce avait perdu sa lumière chaleureuse. L'éclairage intérieur était cru et trop fort. Lindsey évitait mon regard et je voyais qu'elle était triste. À cran. Elle tenta de soulever l'équipement, sans succès, ses mouvements maladroits. Inefficaces.

Je me plaçai à côté d'elle et plaçai une main sur les siennes.

« Laisse-moi faire, compagne.

— Ne. M'appelle. Pas. Comme. Ça ! » dit-elle en se dégageant.

Elle tira sur la caméra, qui se décrocha de son trépied et la fit trébucher en arrière. Je la rattrapai avant qu'elle ne tombe et la serrai contre mon torse. Des larmes lui roulèrent sur les joues et je fis signe à Kristin, à Rezz et aux autres de partir. Ils s'exécutèrent sans traîner et en silence et allèrent s'installer à une table plus loin. Elle avait respecté leurs émotions et ils respectaient les siennes.

« C'est bon, je te tiens, » dis-je.

Je voulais lui offrir mon réconfort, mais elle n'en voulait pas. J'avais envie de la serrer contre moi jusqu'à ce qu'elle se sente mieux.

« Je ne savais pas, dit-elle. J'ignorais complètement ce qui se passait dans l'espace. »

Elle sanglotait, visiblement affectée par les heures de douleur qu'elle venait juste de partager avec les guerriers blessés. Elle pleurait contre mon torse, les bras passés autour de ma taille, elle me serrait comme si elle avait besoin de moi.

Je l'enlaçai et la laissai pleurer tout son saoul, puis je posai la joue contre ses cheveux soyeux. C'était un honneur, un grand privilège de lui appartenir, d'être son protecteur et sa source de réconfort. Son cœur tendre et son inquiétude pour mes frères d'armes me faisaient tomber amoureux d'elle encore plus. Elle était la bonté et la lumière, l'espoir et la guérison. Elle touchait l'intouchable. Leur tenait la main. Leur offrait un répit là où il ne pouvait y en avoir sur cette maudite planète. Elle ne pouvait pas résoudre leurs problèmes, mais elle pouvait les écouter, les respecter.

« Je n'aurais jamais dû accepter cette saleté de mission, » murmura-t-elle avec véhémence.

Jamais dû accepter cette mission ? De quoi parlait-elle ? N'avait-elle pas voulu venir ici ? Elle n'avait jamais voulu venir sur la Colonie. Pour me rencontrer. Pour être avec moi.

« Pourquoi tu as accepté, alors ? demandai-je.

— Je... »

Elle s'écarta de moi en s'essuyant les joues, les doigts raides.

« Non, rien. J'ai mal à la tête. »

Si elle était malade, je m'occuperais d'elle. Cela lui prouverait que je pouvais la chérir.

« Alors je vais t'emmener à l'infirmerie.

— Oh. Non. Je ne voulais pas dire... »

Elle tenta de me repousser, mais je refusai de la lâcher.

« J'insiste. »

Si ma compagne souffrait, le médecin la guérirait. Je levai la main et fis de nouveau signe à mon équipe. Ils se levèrent comme un seul homme et s'approchèrent en silence.

« Il faut que je conduise Lindsey à l'infirmerie. Assurez-vous que l'équipement soit apporté dans mes appartements pour Lindsey.

— Pas de problème, dit Kristin.

— Quand est-ce qu'on reprend la chasse ? demanda Rezzer, les mains sur les hanches. Les détecteurs profonds de la grotte ont repéré des mouvements dans la section cinq à deux reprises au cours des six dernières heures. »

Je n'étais pas au courant et il fallait agir. Depuis que nous avions découvert que la Ruche avait infiltré la Colonie et que le traître Krael nous avait fait perdre une demi-douzaine de guerriers, y compris le capitaine Brooks de la Terre, nous avions installé des capteurs supplémentaires, surtout dans les kilomètres de souterrains naturels qui se trouvaient sous la base. Chaque piste devait être fouillée, même si ma compagne était avec moi, désormais.

Nous ne pouvions pas nous permettre de perdre d'autres hommes aux mains de la Ruche. Chaque mort démoralisait les troupes. Nos vies étaient assez dures comme ça, sans avoir besoin de rajouter la menace d'une capture par la Ruche.

Rezz haussa un sourcil et je sus qu'il avait raison. Ça ne pouvait pas attendre. S'il s'agissait bien de la Ruche, nous mettrions toute la planète en danger en attendant. Mais je venais de trouver ma compagne marquée et je n'avais pas envie de la quitter. Je regardai Lindsey.

« Qu'y a-t-il ? demanda-t-elle.

— On a un traître dans nos rangs, celui qui a tué le capitaine Brooks. Et d'autres.

— Et vous avez une piste ? »

Je hochai la tête. Du coin de l'œil, je vis Rezz faire de même.

« Alors tu dois y aller, » dit-elle. Je comprends.

Je ne m'étais encore jamais senti aussi déchiré. Mon besoin instinctif de chasser était fort. Puissant. Il avait guidé toute ma vie sans jamais faillir. Mais à présent, mon besoin d'être avec Lindsey était encore plus fort.

« Je ne peux pas te laisser comme ça, dis-je.

— Mais si, dit-elle. Tu n'as pas le choix. Pour le capitaine Brooks et les autres. Il faut que justice soit faite. »

Elle comprenait, mais les choses n'en devenaient pas plus faciles pour autant.

« Je suis sérieuse, » insista-t-elle en me plaçant une petite main sur le bras.

Ses yeux clairs soutinrent mon regard sans ciller et elle ajouta :

« Tout ira bien pour moi.

— Je vais t'emmener à l'infirmerie, dis-je, trouvant un compromis. Comme ça, tu seras entre de bonnes mains pendant mon absence.

— D'accord, » dit-elle.

Je jetai un coup d'œil à mon équipe, qui avait l'air d'accord. Sauf Kristin, qui s'écria avec enthousiasme :

« Enfin ! »

Elle s'inclina devant Lindsey et moi, pour s'excuser de s'être emportée.

« Désolée, dit-elle, mais je suis sur le point de devenir dingue. Tyran et Hunt semblent penser que je devrais passer moins de temps au travail et plus de temps au lit. »

Oui, je pouvais comprendre que les Prillons veuillent

garder leur compagne au lit. C'était tout ce que je voulais faire avec Lindsey.

Rezz rit et le bruit assourdissant fit sourire ma compagne.

« Viens, compagne. Je vais m'assurer qu'on prenne soin de toi.

— Et ensuite, tu iras attraper le grand méchant. »

Je baissai les yeux sur elle et répétait l'expression terrienne dans ma tête. Le *grand méchant*.

« Oui, on attrapera le grand méchant et je viendrai te chercher. »

Je me penchai sur elle et lui murmurai à l'oreille :

« Et ensuite, je te ferai crier mon nom. »

~

Lindsey

« Qu'est-ce que c'est ? » demandai-je en suivant des yeux la baguette bleue que Rachel m'agitait sous le nez.

Le mal de tête que j'avais à force d'écouter les histoires des soldats, les horreurs auxquelles ils avaient fait face aux mains de la Ruche, me lancinait.

J'étais assise sur une table d'examen dans l'infirmerie de la Base 3. Kiel m'avait laissée à contrecœur, mais Rachel elle-même lui avait assuré qu'elle prendrait soin de moi et me ramènerait dans ses appartements. Ce n'est qu'à ce moment qu'il m'avait embrassée et qu'il était parti.

Après quelques secondes de lumière bleue, la pression derrière mon œil gauche se calma et mon mal de tête commença à disparaître.

La terrienne me soignait avec un scepticisme que je reconnaissais. Dans son uniforme vert et avec ses cheveux bruns tirés en queue de cheval, elle était professionnelle. Je représentais une menace pour sa planète, pour la sécurité de ses compagnons et des autres. Elle n'avait pas d'enfants, mais elle était protectrice avec tous les habitants de la Colonie. Accouplée au gouverneur, elle estimait avoir un rôle de gardienne. Ma venue menaçait son peuple d'une façon qu'elle n'avait pas imaginée. Une menace venue de sa planète d'origine. La Terre comptait entuber la Colonie et c'était ma faute. Ou en tout cas, je lui rappelais ce qui pourrait se passer si les mensonges persistaient.

Et pourtant, elle était biochimiste. Et très intelligente, visiblement. Elle avait fait plus d'études que je n'en ferais jamais. Plusieurs années de plus. Elle était pragmatique, mais également raisonnable. Je savais que je n'étais pas sa personne favorite, mais elle ne me jetait pas non plus dehors. C'était parce que j'étais la compagne de Kiel, pas parce que j'étais terrienne. Son allégeance allait à la Colonie, désormais.

Elle arrêta de bouger la baguette et me la tendit.

« C'est une baguette ReGen. Il y a une explication scientifique à ses effets, mais en gros, elle reconnaît les cellules endommagées et les répare. »

Je n'osais pas la prendre dans ma main, examiner l'objet qui pourrait me permettre de soigner Wyatt.

« Elle peut guérir n'importe quoi ?

— Si vous vous coupez le bras, non, elle n'est pas assez puissante, dit-elle en soutenant mon regard. Sur Terre ? Les gros problèmes aux organes, sans doute pas. Les coupures, les brûlures, les os brisés, si. En gros, tout ce dont les urgences s'occuperaient, la baguette peut le faire. Si les blessures sont plus graves, il faut aller dans une capsule ReGen. »

Elle se retourna et pointa du doigt une série de boîtes en métal semblables à des cercueils. Le couvercle était transparent, pour que le patient soit visible.

« Des capsules ReGen ?

— Des capsules de RéGénération. Les blessés graves sont placés dedans. Il y a aussi de la lumière bleue, mais elle est beaucoup plus puissante que celle des baguettes. »

Je saisis le petit instrument.

« Elle peut soigner les cancers ?

— Oui.

— Le diabète ?

— Oui. Presque toutes les maladies terriennes peuvent être guéries. »

Je bondis de la table, la main serrée sur la baguette et fis les cent pas.

« Alors pourquoi est-ce qu'on n'en a pas, sur Terre ? Des millions de personnes pourraient être sauvées... Les gens qui souffrent... »

Je pensai à Wyatt et aux longues journées qu'il avait passées à pleurer à l'hôpital, à me demander de chasser sa douleur. Je lui avais tenu la main et avais supplié les infirmières de lui donner des antidouleurs, de l'aider. Mais c'était presque pire. Les yeux de mon fils devenaient vitreux et il ne pouvait plus parler comme un petit garçon normal. Il était à moitié dans les vapes et dormait si longtemps que je craignais qu'il ne se réveille pas. Des larmes chaudes me montèrent aux yeux alors que je regardais la baguette, pas plus grande que la télécommande de ma télévision et j'eus envie de hurler.

« Pourquoi ? répétai-je. Ça pourrait aider tant de monde. »

Rachel poussa un soupir et cala une hanche contre la table d'examen.

« C'est vrai, mais la Terre n'est pas prête pour cette technologie. Votre présence ici, votre histoire, en est la preuve.

— Moi ? »

Rachel haussa les sourcils.

« Elle peut guérir, mais elle peut aussi tuer. Causer des cancers. Créer des maladies. Tuer des gens en faisant passer ça pour des morts naturelles. Cancers. Attaques. Démence. Elles pourraient faire perdre la tête à quelqu'un, lui faire oublier qui les a attaqués. »

Elle me regarda durant de longues minutes.

« Vous pensez vraiment que les gouvernements et les entreprises terriennes s'en serviraient pour faire le bien ? »

J'étais journaliste. Je n'étais pas vraiment reporter de guerre, mais je n'étais pas naïve non plus. En tant que mère célibataire, je n'avais pas ce luxe. Non, les journaux regorgeaient de guerres et d'histoires de corruption. De meurtres et d'attentats. Rachel avait raison. La Coalition avait raison ? Mais cela me serrait le cœur. Tout le monde souffrirait à cause de la corruption, ce mal incontrôlable qui régnait sur la Terre.

« Les humains sont vraiment des sauvages, » dis-je.

Rachel poussa un soupir et le son faillit me briser le cœur.

« Oui, c'est vrai.

— Mais j'en ai besoin. Tant de gens souffrent. Vous ne pouvez pas en faire sortir une sans le dire à personne ? La donner à quelqu'un de confiance ? Je ne le dirais à personne, promis. Je la détruirais dès que... »

Je repensai à Wyatt et agitai la baguette en l'air.

« Cet instrument pourrait sauver mon... »

Je pinçai les lèvres et me détournai. Des larmes me

roulèrent sur les joues et je les essuyai d'un geste brusque. J'en avais trop dit, mais mes émotions, mon besoin de soigner Wyatt me rendaient téméraire. J'étais prête à tout pour lui, même à supplier cette humaine qui ne m'aimait pas beaucoup.

« Sauver votre quoi, Lindsey ? » demanda Rachel.

Pour la première fois, sa voix n'était pas dure.

Je ne répondis pas.

« Vous n'êtes pas journaliste d'investigation, dit-elle. Sans vouloir vous vexer, ils sont sournois. Impitoyables. Durs. Vous n'êtes aucune de ces choses. Enfin, vous vous êtes fait repérer près de l'arène. Toute la base parle de la manière dont Kiel s'est battu pour vous. Si vous étiez discrète, vous ne vous seriez pas fait attraper comme ça. »

Je ris de ma propre stupidité.

« Eh bien pourtant, je suis journaliste et blogueuse. C'est juste que je n'ai pas l'habitude de faire ce genre d'enquête. Je suis plutôt du genre à écrire des articles sur les collectes de fonds des hôpitaux, sur la façon d'éduquer son enfant. Alors c'est vrai, je ne suis pas une espionne très douée.

— Quelle est la vraie raison de votre présence ici ? »

Je me tournai vers elle.

« Découvrir la vérité. Découvrir ce qui est arrivé au capitaine Brooks. Son oncle est sénateur. Il a une famille riche et puissante qui pense que la Coalition ment sur ce qui se passe. Alors ils m'ont envoyée. Voilà la vérité. »

Le regard de Rachel était sérieux, mais pas dur.

« J'ai été une lanceuse d'alerte, dit-elle. J'ai découvert que le patron de l'entreprise pour laquelle je travaillais mettait des médicaments dangereux en circulation et que des gens mouraient. Je l'ai dénoncé et à cause de ça, on m'a fait porter le chapeau. J'ai été condamnée à vingt-cinq ans de prison.

J'en restai bouche bée. Bon sang.

« J'ai choisi de devenir une Épouse Interstellaire et j'ai été accouplée et envoyée ici au lieu de rester en prison. J'ai découvert la vérité, je l'ai partagée et on s'en est servi contre moi. Comment est-ce que vous pouvez être sûre que ce que vous découvrirez ici ne sera pas utilisé pour empirer la situation avec la Colonie ?

— Je ferai tout ce qui est en mon pouvoir pour m'assurer que ça n'arrive pas. »

Elle haussa un sourcil.

« Vous savez comment ils pourront manipuler votre histoire, Lindsey. Pensez-y. Vous ne pouvez pas les en empêcher. Les habitants de la Colonie ont besoin d'espoir. D'épouses. Et ce que vous faites va tout détruire. Depuis la mort de Brooks, on n'a reçu qu'une épouse. Une seule. En plusieurs mois. Comment pouvez-vous être sûre que les documents que vous rapporterez ne seront pas utilisés pour convaincre les gens de quitter la Coalition ? Le Programme des Épouses ?

— Parce que... Parce que je sais ce qui se passe. Je sais pour Krael, pour la Ruche, pour...

— Oui, mais ils pourraient manipuler ces informations à des fins politiques. Sacrifier des vies pour s'enrichir. Les guerriers de la Colonie veulent vivre. Ils veulent aimer, avoir une famille, des enfants. Ils s'accrochent désespérément à cet espoir. Si vous devez partager quelque chose avec la Terre, partagez notre besoin en compagnes. Faites-en sorte que plus de femmes se portent volontaires et trouvent leur compagnon parfait. »

Je me mordis la lèvre. Ce n'était pas ce que voulaient les

gens qui m'avaient engagée et je le savais. Mais pourrais-je persister, avec tout ce que je savais ?

Il le fallait. Dans le cas contraire, ils feraient du mal à Wyatt. Mais sacrifier le bonheur des habitants de la Colonie ? C'était un choix terrible. Un fardeau. Et le poids que j'avais sur les épaules m'écrasait. Je ne pouvais pas respirer. J'agrippai le bord de la table d'examen, les doigts blanchis alors que je braquais les yeux sur la tache qui se trouvait sur le sol immaculé. *Concentre-toi. Respire.*

Le fait que Rachel me crie dessus ne m'aidait pas. Elle était très en colère, ses joues rouge vif et ses poings serrés, comme si elle était prête à me donner une raclée.

Je le méritais. Mais Wyatt n'avait pas mérité ce qui lui arriverait si je ne rentrais pas avec les informations que le sénateur et sa famille m'avaient réclamées.

La voix de Rachel se fit plus forte et je grimaçai alors que mon mal de tête revenait de plus belle.

« Mais non, disait-elle. Tout ça, vous vous en fichez. Qu'est-ce que vous cherchez, Lindsey ? De l'argent ? C'est ça ? Vous pourrez vous acheter une nouvelle voiture pendant que nos guerriers mourront à petit feu chaque jour. Dites-moi que j'ai tort. Dites-moi que vous n'êtes pas une petite écervelée prête à détruire des vies pour avoir quelques zéros en plus sur votre compte en banque. C'est l'argent qui compte, hein ? C'est pour ça que vous voulez absolument rentrer avec cet article. »

Je ne pouvais pas le nier. Sinon, je serais obligée de lui dire la vérité.

« Vous m'avez percée à jour, » dis-je.

Je reniflai et levai le menton vers elle, les larmes aux yeux. Elle était floue de l'autre côté de mes larmes.

« Puisque vous vous croyez si intelligente, continuez de parler, » dis-je.

Elle m'adressa un petit sourire et croisa les bras.

« Tout le monde a demandé ce que vous faisiez là. Tout le monde croit à votre histoire, dit-elle avant d'aller chercher une pièce de tissu. Séchez vos larmes, Lindsey, et racontez-moi ce qui se passe vraiment. Il n'y a que nous, ici. Personne d'autre. Vous êtes la compagne de Kiel. C'est un homme bon et il a assez souffert. Dites-moi pourquoi vous êtes vraiment là. Laissez-moi vous aider. Laissez Maxime vous aider. Le Prime Nial est l'ami de mon mari. Il est accouplé à une humaine, lui aussi. Elle s'appelle Jessica. Elle vous aidera, elle aussi. Mais il faut que vous me disiez la vérité. »

Nous nous trouvions dans la deuxième pièce de l'infirmerie. La première pièce était pleine de médecins et de techniciens, mais cette pièce-là était toute à nous. À présent, je comprenais pourquoi. Elle murmurait, à présent et je lui pris le petit mouchoir blanc des mains alors qu'elle chuchotait :

« Pourquoi êtes-vous ici ? »

Je pris une grande inspiration. Soufflai. Mon instinct me disait de lui faire confiance. Mon cœur se mit à parler avant que mon cerveau ne s'en rende compte. Rachel avait quelque chose de si féroce, de si fort. Je lui faisais confiance.

« Mon fils. Il s'appelle Wyatt et il a quatre ans. »

Elle écarquilla les yeux.

« Vous avez un fils ? »

J'étouffai un sanglot et pris une inspiration pour tenter de respirer un peu.

« Il y a un peu plus de trois mois, on a eu un accident de voiture. Je n'ai eu que quelques bleus et égratignures, mais malgré son siège auto, Wyatt a été blessé. À la jambe. Elle a été cassée, entaillée, détruite. Ils l'ont recousu, l'ont opéré plusieurs fois, mais sans réussir à le guérir. Son cartilage de croissance était endommagé. Sa jambe va arrêter de grandir en avance. Ils veulent l'opérer encore pour l'aider, mais ça ne suffit pas.

Rachel garda le silence alors que je parlais.

« Il lui faudrait d'autres opérations, dis-je. En plus de celles qu'il a déjà subies. Et si les médecins n'arrivent pas à le soigner, il devra subir des greffes osseuses en grandissant, pour le restant de ses jours. Mon assurance maladie est merdique et elle ne couvre que ce qui est absolument nécessaire, ce qui est n'importe quoi. J'ai essayé de faire appel, mais... je n'ai pas d'argent. »

J'eus un rire sans joie. Je regardai Rachel dans les yeux et conclus :

« Je n'ai même pas l'argent pour payer les opérations qu'il a déjà subies.

— Et le sénateur vous a proposé beaucoup d'argent pour venir ici et écrire cet article ? »

Je hochai la tête.

« Oui. Assez pour m'occuper de Wyatt. Et je ne peux pas rester ici. Je ne peux pas devenir une épouse, une compagne. J'ai un fils. Je suis mère. »

J'avais les épaules qui tremblaient, mais je contins un cri de douleur.

« Kiel est fantastique. Merveilleux. Seigneur, je n'ai même pas les mots pour le décrire. »

Rachel hocha la tête. Elle comprenait l'attirance qu'il y avait entre compagnons, car elle en avait deux. Deux ! Elle savait ce que ça me coûterait de partir.

« Je... je ne peux pas abandonner mon fils. Pas même pour Kiel.

— Votre fils. Sans opérations, il restera infirme toute sa vie ? »

Je hochai la tête alors que des larmes me coulaient sur le

visage. À présent que je partageais mon histoire, je ne pouvais plus retenir ma douleur.

« Je veux cet argent, mais... Mais je veux ce machin ReGen encore plus, dis-je en soulevant l'instrument semblable à une baguette magique avant de l'agiter. Ça guérirait Wyatt en quelques minutes. »

Je me laissai glisser de la table d'examen et ravalai mes larmes. Je regardai Rachel dans les yeux et lui tendis la baguette.

« Il faut que j'y aille. Que je lui apporte cette baguette. Que je le guérisse. Je me fiche de cet article. Ça m'a toujours été égal.

— Ils vous attendront, dit-elle. Ils attendront votre article. La vidéo, l'enregistrement. Ils ne vous paieront pas, sinon.

— Je ne veux pas de cet argent ! m'écriai-je en agitant la baguette. C'est ça que je veux.

— Si je vous donne cette baguette, vous ne révélerez rien ? »

Oui, elle était protectrice. Et rusée. Et extrêmement prudente. Je ne pouvais pas lui en vouloir, pas après ce qui lui était arrivé sur Terre.

« Il faut que je leur donne quelque chose, dis-je d'une voix tremblante. Ils lui feront du mal, sinon.

— Sympa, ces gens, » dit Rachel.

Elle me dévisageait, mais elle ne m'arracha pas la baguette des mains. Elle se dirigea vers le mur et passa le doigt sur sa surface lisse et noire. Tout un tas de couleurs et de mots apparut. Après quelques passages de sa main, un écran apparut, avec le logo du Programme des Épouses Interstellaires.

« Je ne veux pas devenir une épouse, dis-je.

— Pas besoin. Vous êtes déjà accouplée à Kiel.

— Oh, Seigneur, murmurai-je alors que mon cœur se brisait à nouveau. Kiel. »

Elle quitta le mur des yeux et se tourna vers moi.

« Vous êtes prête à retourner sur Terre pour retrouver votre fils, quitte à abandonner votre compagnon marqué ?

— Il ne peut pas venir avec moi ? »

Elle secoua la tête.

« Non. La Terre n'accepte même pas d'accueillir ses propres soldats contaminés par la Ruche. Ils n'autoriseront jamais un extraterrestre à vivre là-bas. Enfin, Kiel ne se fondrait pas vraiment dans la masse.

— Et Wyatt, il peut vivre ici ? Est-ce que Maxime, ou ce Prime dont vous parliez pourraient autoriser Wyatt à vivre ici ? »

Je me raccrochais à ce que je pouvais, mais il y avait peut-être une chance pour qu'on soit ensemble tous les trois. Je connaissais les règles, mais j'espérais que l'une d'entre elles pourrait être brisée... pour moi.

« Non, » dit Rachel en se mordillant la lèvre, les yeux pleins de larmes et de compassion. C'est une règle terrienne, pas une règle de la Coalition. Les adultes ont le droit de prendre la décision de devenir citoyens d'un autre monde. Mais les enfants ? Non. Ils n'ont pas le droit de prendre cette décision avant leur majorité. Et aucun adulte n'est autorisé à la prendre à leur place.

Elle anéantissait le peu d'espoir qu'il me restait.

« Alors je suis foutue, dis-je. Je dois choisir entre Kiel et mon fils.

— Oui, dit-elle en essuyant une larme qui lui roulait sur la joue. Il semblerait. Vous avez fait votre choix. Êtes-vous vraiment prête à renoncer à votre compagnon marqué pour retrouver votre enfant ?

— Je n'ai pas vraiment le choix, murmurai-je.

— Si, dit Rachel en fermant les yeux, comme si ma douleur était aussi la sienne. Si. C'est un choix terrible, mais c'est un choix. En êtes-vous sûre ? On peut peut-être trouver quelque chose ? »

Je sentis le poids de sa question m'écraser. C'était comme si un éléphant me piétinait. Il fallait que je choisisse entre le seul homme de l'univers qui me correspondait et mon fils. Je ne pouvais pas avoir les deux. Ma décision était facile à prendre. Même si abandonner Kiel me donnerait l'impression de perdre un bras, c'était Wyatt qui avait le plus besoin de moi.

« Je ne peux pas le laisser seul. Je ne peux pas l'abandonner, dis-je en sanglotant. C'est mon bébé. Je ne peux pas... »

Le visage de Rachel se transforma. La lueur calculatrice qu'elle avait dans les yeux s'envola. Elle dut se servir de ses deux mains pour s'essuyer les joues alors qu'elle se tournait à nouveau vers l'écran.

« Alors il faut vous renvoyer sur Terre avant que le Prime Nial ne vous force à rester. Vous choisissez peut-être votre fils, mais le Prime risque de choisir son propre peuple, les guerriers qui se sont battus pour lui.

— Vous plaisantez ? »

Le Prime Nial...

« Je ne sais pas. Je doute qu'il ait déjà eu à prendre ce genre de décision. Mais êtes-vous prête à prendre ce risque ?

— Non. »

Je ne pouvais pas. Hors de question. Wyatt avait besoin de moi. Je lui avais promis de revenir et j'avais l'intention de m'y tenir.

L'écran vibra un moment alors que la connexion se

faisait et qu'un visage familier apparaissait. Rachel salua la femme dont le visage sévère emplissait l'écran.

« Gardienne Égara.

— Rachel, répondit la gardienne de la Terre. Mlle Walters. »

La compagne du gouverneur de la Base 3 prit la parole, sa voix claire et déterminée :

« On a besoin de votre aide. »

7

ℒ indsey

Bon sang, j'étais vraiment au bout du rouleau.

Ça avait pris trente minutes frustrantes, mais j'avais fini par comprendre comment ajuster les vitres teintées des appartements de Kiel. Je pouvais désormais voir le paysage accidenté, la beauté rude de la planète. La pièce avait beau être chauffée, je frissonnais et me frottai les bras.

Je m'étais lancée dans cette petite aventure spatiale avec une seule chose en tête : Wyatt. Même si cela ne m'avait pas distrait de mon objectif, j'avais été surprise - non, stupéfaite - par ce que j'avais appris. La Colonie n'était pas une espèce de prison. Ce n'était pas un avant-poste spatial pour une bande de sauvages. Il s'agissait de guerriers qui s'étaient battus pour la Coalition, qui avaient été courageux, même en captivité, alors qu'ils étaient torturés. Altérés. Changés à jamais.

Et pourtant, quand le moment venait pour eux de rentrer chez eux, de retrouver leurs familles et le peuple qu'ils avaient lutté pour protéger, ils n'étaient pas les bienvenus. Ils étaient rejetés par leur propre peuple, qui les jugeait dangereux et endommagés. Brisés.

Malgré tout cela, ils étaient sur la Colonie, à se construire de nouvelles vies, un nouveau monde. Ça aurait pu être l'anarchie, comme dans *Mad Max*, mais c'était des guerriers honorables, pas seulement terriens, mais venus de toutes les planètes de la Coalition. J'avais rencontré Rezzer l'Atlan et il s'était transformé en bête pour moi, pour la caméra, tout en se contrôlant parfaitement. Ce souvenir m'envoya une vague d'adrénaline dans l'échine. Les guerriers aux traits anguleux avec leurs peaux dorées, marron et cuivrées venaient de la planète principale, le peuple à la tête de la Flotte de la Coalition, les Prillons de Prillon Prime. Ils étaient gigantesques et s'étaient montrés très courtois envers moi. Les deux Prillons qui étaient amis avec Kiel, le capitaine Marz et le lieutenant Vance, s'étaient battus pour la Coalition durant quatorze ans.

C'était plus que la moitié de ma vie.

On m'avait donné accès à des vidéos des batailles contre la Ruche et j'avais *vu* à quoi ressemblaient ces choses. Et là, sur la Colonie, j'étais entourée par leurs actes. La Ruche blessait les gens. Torturait ses prisonniers. Transformait leurs corps en quelque chose qui n'était plus vraiment humain, ou prillon, ou atlan, quelque chose de dangereux.

De contaminé. C'était le mot que j'avais entendu encore et encore lorsque j'avais interrogé les humains. Ils avaient une apparence effrayante, comme s'ils sortaient d'un film de science-fiction avec leurs peaux argentées. L'un d'entre eux avait des yeux complètement métalliques. Il était noir, originaire d'Atlanta, et sa mère l'avait nommé

Denzel, comme son acteur préféré. À présent, ses cheveux noirs coupés court et sa peau sombre entouraient des yeux qui semblaient faits de mercure liquide.

Le voir pleurer avait failli m'achever. Il avait deux sœurs et une mère qui les avait élevés seule. Elle avait hurlé et pleuré lorsqu'il l'avait appelée grâce à l'écran vidéo et qu'il lui avait dit pourquoi il ne pourrait jamais rentrer.

Sa mère était une femme très religieuse, et après lui avoir vu les yeux de son fils, elle l'avait traité de démon et lui avait dit de se suicider.

Et ce n'était même pas la pire chose que j'avais entendue. Apparemment, quelle que soit la planète d'origine de ces hommes, personne ne voulait qu'ils reviennent. Leurs peuples avaient peur d'eux. Leurs gouvernements avaient peur d'eux. Selon Kiel, cette peur n'était pas tout à fait irrationnelle.

Il suffisait d'un générateur de fréquences pour réactiver la technologie de la Ruche. Les implants étaient en sommeil, prêts à être réveillés. Et certains des hommes avaient des implants dans le cerveau. La colonne vertébrale. D'après Rezzer, le Prillon nommé Tyran, l'un des compagnons de Kristin, avait tellement d'implants dans les muscles qu'il était plus fort qu'un Atlan en mode bestial.

C'était effrayant et le mot était faible. Mais ils s'étaient tous montrés gentils avec moi. En fait, les deux personnes de cette planète qui m'avaient traitée le plus durement avaient été les deux femmes humaines, Rachel et Kristin. Elles m'avaient toutes les deux regardée comme si j'avais torturé leur animal de compagnie préféré. Elles étaient si protectrices, si déterminées à sauver ces hommes, à leur apporter un peu de bonheur. D'espoir. Leurs compagnons avaient été torturés, brisés et ces femmes voulaient absolument sauver les guerriers de la Colonie. Voir d'autres compagnes arriver sur la planète.

Le sénateur Brooks s'était trompé. Et ce n'était pas étonnant. Personne ne connaissait toute la vérité. Sauf moi. Mais je me trouvais sur place. J'étais censée observer. Sans me faire repérer.

Ouais, ça avait duré cinq minutes, comme l'avait fait remarquer Rachel. J'étais nulle, comme espionne. Mais j'avais parlé à ces gens. J'avais entendu leurs histoires, appris la véritable histoire. C'était ce qu'ils voulaient, sur Terre. Enfin, c'était ce qu'ils *prétendaient* vouloir, mais je ne pouvais pas garantir qu'ils ne manipuleraient pas mes découvertes à leur avantage. Quand je me trouvais dans le vaisseau, je ne m'en étais pas inquiétée. Seul Wyatt et sa sécurité comptaient.

Mais à présent, je me souciais aussi d'autres choses. Des guerriers de la planète. De Kiel. Il avait refusé d'être interrogé, mais je n'avais pas besoin de le harceler de questions face à la caméra pour savoir que c'était un homme bon. Je l'avais senti lorsque nos esprits s'étaient touchés dans mon rêve. Je l'avais senti lorsqu'il m'avait touchée moi.

Kiel.

Le rencontrer avait été inattendu. D'accord, j'avais rêvé d'avoir quelqu'un à moi. Un homme fiable, protecteur, honorable et courageux. Attentionné. Un peu cochon, même. Mais *lui*, je ne l'aurais jamais trouvé sur Terre. Non, il m'avait attendue ici. Et il me voulait. Il disait que je lui étais destinée. Moi !

La marque sur ma paume ne faisait plus des siennes, désormais. Elle ne me faisait plus mal, mais j'avais mal au cœur et cette douleur-là grandissait. J'avais passé une nuit avec mon compagnon marqué – bon sang, j'avais du mal à me faire à l'idée ! – et j'en voulais plus. Je voulais l'éternité.

Je n'avais pas besoin d'apprendre à le connaître pendant des mois pour savoir que c'était l'homme de ma vie.

Même si je retournais sur Terre et que je fouillais la planète entière, je ne trouverais jamais un homme plus parfait pour moi que Kiel.

Il était à moi. Mon compagnon complémentaire.

Ce n'était pas une coïncidence ou un hasard. Non, nous avions été marqués. Accouplés par le destin, ou par Dieu, ou une autre force qui avait marqué nos paumes, même si nous étions nés à deux endroits totalement différents de l'univers.

Kiel, le Chasseur d'Evéris, était à moi.

Mais je m'en allais. Je rentrais sur Terre et je choisissais Wyatt plutôt que lui. Je choisirais Wyatt dans tous les cas. Kiel avait beau être mon compagnon marqué, Wyatt était mon *fils*. Je ne pourrais jamais l'abandonner.

Rien ne pourrait me séparer de lui, pas même le véritable amour avec ce merveilleux guerrier extraterrestre, ou dix années-lumière d'espace noir, vide et froid.

Rachel m'aiderait à me téléporter sur Terre. Elle avait partagé sa vérité, en espérant que je la révélerais et que d'autres compagnes viendraient sur la Colonie. Elle voulait seulement le bonheur de ces guerriers. Ils ne voulaient pas tous une compagne, mais la majorité en voulait une. Ils voulaient avoir une famille. Des enfants. Trouver l'amour.

Rachel était quelqu'un d'exceptionnel, finalement. Elle connaissait ma vérité, savait pourquoi je devais abandonner Kiel. Je ne pouvais pas le dire à mon compagnon. Non. Il ne me laisserait pas partir. D'après Rachel, il lui serait littéralement impossible de me laisser partir. Son besoin était plus qu'humain, un instinct profond qui ne pouvait pas lui permettre de me quitter, quelles que soient les circonstances.

Seule la mort était assez forte pour l'arracher à moi.

Mais il n'avait pas de fils avec des yeux bleus confiants et des fossettes. Il n'avait jamais senti ses bras potelés autour de son cou, ses baisers mouillés sur sa joue et ses « je t'aime, maman » en plein milieu de la nuit.

Immobile, je luttai contre les larmes qui s'accumulaient derrière mes paupières comme du feu liquide. *Wyatt*.

Il fallait que je rentre.

C'est pourquoi quand Kiel regagna ses appartements, je bondis sur mes pieds, puis lui sautai dessus et lui passai les jambes autour de la taille. Il fallait que je l'abandonne, que je le laisse derrière moi, mais pas tout de suite. Pas avant que la gardienne Égara ne me dise de le faire.

Mais ce moment viendrait. Bien trop tôt. Alors il fallait que je profite du peu de temps qu'il me restait. Je n'avais jamais été aussi excitée, si pleine de désir pour un homme. Il avait beau venir d'Evéris, être un extraterrestre, c'était bel et bien un homme. Ses épaules larges et solides sous mes mains, sa taille fine et ferme entre mes jambes, son ventre musclé pressé contre le mien, son membre dur contre mon sexe. C'était un homme à cent pour cent. Et il était tout à moi.

Pour ce soir.

« Bonjour, toi, dit-il avec un petit sourire en coin.

— Tu l'as trouvé ? Krael ? »

Le visage de Kiel se fit plus dur.

« Non. Mais ça viendra. Je repartirai bientôt le chercher. »

Il me regarda et passa le dos de ses doigts sur ma joue alors que je voyais son visage se détendre.

—« En attendant, je peux faire quelque chose pour toi ? demanda-t-il.

— Oui, dis-je en ondulant des hanches pour me presser davantage contre son sexe. Je veux que tu te déshabilles. »

Il poussa un grondement viril.

« Nos marques nous emplissent de désir l'un pour l'autre. Elles font en sorte qu'on soit très... motivés, en attendant que la revendication soit complète.

Je me penchai sur lui et passai mes lèvres dans son cou, contre sa barbe piquante. Je respirai son odeur propre et sombre.

« Je croyais que c'était ce qu'on avait fait hier soir, » dis-je en mordillant le tendon de son cou.

Ses grandes mains se refermèrent sur mes fesses, avant de me hisser et de me porter sur le lit.

Un genou sur le matelas, il me posa, mais je restai accrochée à lui, le regard plongé dans ses yeux bruns.

« La véritable cérémonie de revendication aura lieu quand je te ferai mienne, Lindsey. Je t'emplirai de ma semence alors que nos marques se toucheront. Ensuite et seulement à ce moment-là, nous serons liés pour toujours. »

Il m'avait pénétrée la nuit précédente. Plus d'une fois. Sa semence s'était écoulée de moi toute la journée, mais il n'avait pas joint nos paumes.

Je ressentais le besoin irrépressible de lui dire *oui, faisons ça tout de suite*. Pour qu'il devienne mien. Pour toujours. Mais ce n'était pas possible. Ça aurait été égoïste de ma part. Pire, ça aurait été cruel. Si nous étions liés à jamais, il ne pourrait jamais passer à autre chose ou trouver une autre femme pour l'aimer.

Cette simple idée me transperça le cœur, mais je ne le priverais pas de ce bonheur, même si c'était avec une autre. Kiel méritait d'être aimé.

Il fronça les sourcils et me posa une main sur la joue. Il me regarda, me *vit* vraiment.

« Qu'est-ce qui ne va pas ? demanda-t-il. Pourquoi es-tu triste ? »

Je déglutis, ravalai mes larmes. Je ne pouvais pas pleurer. Il ne devait pas savoir que j'étais bouleversée, que c'était la dernière fois que je me retrouverais sous son corps, que je ressentirais sa chaleur, son souffle, son sexe. Ses baisers.

« Rien. Embrasse-moi. »

Je vis une fossette se former sur sa joue juste avant qu'il ne penche la tête pour faire ce que je lui demandais. Sa bouche était chaude et ferme. Douce.

Trop douce.

Je posai mes mains sur l'arrière de son crâne et tirai sur ses cheveux bruns épais. Je ne voulais pas lui dire que c'était la dernière fois que nous serions ensemble, que je voulais profiter de chaque seconde, mais je le lui montrerais.

Face à mon insistance, son baiser changea. Oui, c'était moi qui l'avais initié et qui lui avais montré ce que je voulais, mais je le laissai mener la danse. J'aimais qu'il soit aux commandes. Soit il était extrêmement doué - je n'avais pas envie de penser à son expérience - soit la marque le rendait sensible à ce qui me plaisait. Il savait comment m'embrasser, comment mêler sa langue à la mienne. Comment me toucher. Et bientôt, Seigneur, bientôt, comment me baiser.

J'avais toujours les chevilles croisées contre le creux de ses reins. Appuyé sur un avant-bras, sa main libre me caressa du cou à la hanche et Kiel poussa un grognement.

« Tu as trop de vêtements, » dit-il.

La simple idée de me déshabiller me fit poser les pieds sur le lit.

« Toi d'abord, » lui dis-je.

Il haussa un sourcil et garda le silence alors qu'il passait les doigts sous le col de son armure pour se la passer au-dessus de la tête, avant de la laisser tomber par terre au pied du lit.

Je levai les mains et parcourus sa peau chaude. Je sentis ses muscles se contracter sous mes paumes. Je me mordis la lèvre et passai les doigts sur l'un de ses tétons. Il inspira brusquement.

Mes yeux se levèrent vers les siens, virent ses iris brûlants passer au noir. Je savais qu'il avait du mal à se contrôler. C'était aussi mon cas.

« Tu n'as pas fini, dis-je.

— Si j'enlève mon pantalon maintenant, on finira beaucoup trop tôt. »

Le fait qu'il me dise que je l'avais presque poussé dans ses retranchements, qu'il serait prêt à jouir rien qu'en m'embrassant, en sentant mes mains sur son torse nu, me fit me sentir puissante. Je n'avais encore jamais exercé un tel contrôle sur quelqu'un. Je ne m'étais jamais sentie aussi désirée.

Je commençai à déboutonner son pantalon. Ses mains couvrirent les miennes et il me regarda.

« J'ai envie de te voir, dis-je. De te goûter. Je ne l'ai pas encore fait. Je veux t'avaler.

— Tu es une femme dangereuse. »

Je secouai la tête et mes cheveux balayèrent la couverture toute douce.

« Non. Je te veux, c'est tout.

— Je ne peux rien te refuser, compagne. »

Ce mot me faisait souffrir, à présent, mais je n'y prêtai pas attention et me concentrai sur Kiel. Je mémorisai la chaleur dans ses yeux. La force et la grâce avec laquelle il bougeait. Il fallait que je le grave dans mon esprit tel qu'il était en cet instant. Excité. Puissant.

À moi.

Je le repoussai et il alla se placer au pied du lit, se débarrassa d'une botte, puis de l'autre, avant de baisser son pantalon. Je me mis à genoux et regardai chaque centimètre de son corps parfait être exposé.

Son sexe... il était magnifique. Gros. Tellement gros. Long et épais. Il était rouge, lisse, avec une veine gonflée sur le côté. Son gland était plus élargi et plus foncé, pointé droit vers moi. Une goutte de liquide préséminal y perlait. Je me léchai les lèvres. J'avais envie de la goûter. Ma main se referma sur la base de son membre et mes doigts ne pouvaient pas se refermer sur son érection brûlante.

« Ouah... »

Il m'avait pénétré avec... ce monstre la nuit précédente, mais je n'avais pas eu le temps de l'admirer.

« Tout ça, c'est pour toi, compagne, » me dit-il.

Son sourire me rassura et je me penchai en avant pour lécher la goutte de son fluide. Il en eut le souffle coupé et il avança les hanches. Il était tellement grand que je n'avais pas besoin de beaucoup me pencher. Sa taille était parfaite pour que je le prenne dans ma bouche.

Mais un doigt sous mon menton me fit lever les yeux.

« Si tu comptes me sucer, dit-il, je veux que tu sois nue. »

Ce fut à mon tour de me déshabiller. Je n'avais emporté qu'un tout petit sac pour le voyage, mais j'avais plusieurs ensembles de lingerie. Kiel avait tellement aimé celui que je portais la nuit précédente, que je n'avais pas l'intention de me mettre à porter les sous-vêtements générés automatiquement. Je ne savais pas à quoi ils ressemblaient, mais je voulais revoir le désir dans les yeux de Kiel.

Alors je révélai mon ensemble en dentelle rose en retirant mon uniforme. Je n'avais pas des seins énormes, alors j'aimais mettre en valeur mes autres atouts. Alors que je m'apprêtais à dégrafer mon soutien-gorge, il me posa une main sur le bras pour m'arrêter.

Son regard parcourut mon corps alors qu'il disait :

« Attends. Je veux te regarder. »

Sa main alla caresser le tissu délicat qui me recouvrait le sein.

« Comment ça s'appelle ? » demanda-t-il.

Je baissai les yeux sur ses doigts épais, sombres et masculins contre ma peau laiteuse et mon soutien-gorge.

« De la dentelle ? » dis-je.

Il passa le doigt sur le motif floral.

« De la dentelle, répéta-t-il, comme s'il goûtait les mots. À part toi, c'est la chose terrienne que je préfère. »

Oui, d'après la façon dont son sexe pulsait et s'agitait sous mes yeux, il aimait vraiment la dentelle.

« Tu veux que je l'enlève ? » demandai-je.

Lentement, il secoua la tête, puis me passa un doigt sur le téton et le regarda durcir.

C'est seulement quand il retira sa main que je baissai de nouveau la tête, avant de le prendre dans ma bouche. Son érection m'étirait la mâchoire alors que je lui caressais la base du sexe avec ma main tout en lui suçant le gland.

Il gémit et ses mains s'enroulèrent dans mes cheveux.

Le goût salé de son liquide préséminal m'enduisit la langue alors que je le léchais et le lapais, le prenant de plus en plus profondément à chaque va-et-vient. Je n'étais pas une star du porno, alors je ne parvenais pas à le prendre en entier. Mais vu la façon dont il me tirait les cheveux en respirant fort, je savais que ça lui plaisait.

« Je ne vais pas tarder à jouir, compagne. Avale-moi. »

Oui. J'avais envie de le goûter, de connaître sa véritable saveur. Je ne savais pas si j'avais envie de cela parce que nous étions des compagnons marqués ou si c'était parce que cette planète m'avait transformée en dévergondée. Peu importe. Tout ce que je voulais, c'était le faire jouir. J'avais envie de me sentir puissante et je voulais avoir l'impression de lui donner quelque chose, de lui donner du plaisir. C'était un désir égoïste, une façon de me sentir moins coupable face à ce que j'allais lui faire. J'allais le faire souffrir et ça me rendait d'autant plus déterminée à lui faire du bien tant que je le pouvais.

Si seulement la Terre n'avait pas des règles si strictes concernant le Programme des Épouses Interstellaires. J'étais mère célibataire ce qui m'interdisait de me porter volontaire.

Quelle règle stupide ! Vraiment, vraiment stupide.

Mais après tout, avant de rencontrer Kiel, participer au programme ne m'avait jamais traversé l'esprit.

Et à présent, c'était trop tard. Je l'aimais, mais il fallait que je l'abandonne.

En faisant glisser ma main de bas en haut, je le caressai tout entier. Il grogna une dernière fois, puis il avança les hanches en criant mon nom. Son sexe gonfla, puis se contracta et sa semence chaude m'éclaboussa l'arrière de la gorge. Très vite, j'avalai encore et encore pour tout prendre en moi.

Je sentis son corps se détendre alors qu'il reculait. Du dos de la main, je m'essuyai la bouche. Sa large main se posa de nouveau sur ma joue et je croisai son regard.

Je n'eus qu'une seconde pour voir son air satisfait avant qu'il ne me soulève et me jette sur le lit. Je rebondis sur le dos et poussai une exclamation surprise. Il se jeta immédiatement sur moi. Je me souvins de ses gestes rapides dans l'arène et cela m'excita tellement que j'avais du mal à respirer.

Les genoux et les avant-bras passés de chaque côté de

mon corps, il me retenait prisonnière et son regard me cloua au matelas.

« À mon tour, compagne. »

Sa voix était rauque, comme s'il était submergé par l'émotion. Il se pencha en avant et m'embrassa tendrement.

« Toute la nuit. Je vais te baiser toute la nuit. Je vais te faire crier mon nom. »

Toute la nuit ? Volontiers. Je baissai les yeux et vis qu'il avait beau avoir joui, il était toujours dur. Il baissa la tête pour regarder entre nos corps, avant de tourner les yeux vers moi avec un sourire coquin.

« Je suis comme ça en permanence, maintenant que je t'ai trouvée.

— Ouah.

— À ton tour. »

Il glissa le long de mon corps, ses paumes traçant un chemin brûlant le long de mes cuisses, qu'il écarta avant de s'installer entre mes jambes.

« Cette dentelle, » commenta-t-il en passant un doigt sur le bord de ma culotte.

Son haleine chaude caressa ma peau sensible et me rendit tout à fait consciente de ce qu'il s'apprêtait à me faire. Pourtant, il prit son temps pour... s'émerveiller. Il était bien trop patient.

Toute la nuit. Je n'allais pas survivre, s'il avait l'intention de me chauffer comme ça *toute la nuit.*

« Ce tissu est très délicat et ne cache pas grand-chose, » dit-il.

Il avait raison. Mes fesses étaient à peine couvertes par le matériau ultrafin, et les petites lanières sur les côtés étaient la seule chose qui le maintenait en place. Ça ne suffisait certainement pas à tenir Kiel à l'écart.

Il baissa la tête et passa la langue sur le tissu mouillé.

Non. Aucune barrière.

La chaleur de ce simple contact m'arracha une exclamation. Puis, du bout du doigt, il tira sur le tissu pour le placer sur le côté et dévoiler mon sexe. Il me donna un nouveau coup de langue.

« Beaucoup mieux. Maintenant, je peux te goûter. Respirer ton odeur. »

Mes hanches ondulèrent toutes seules alors qu'il trouvait mon clitoris.

Je criai son nom.

« J'aime entendre mon nom sur tes lèvres, » dit-il.

Ses mains me baissèrent ma culotte avec précaution.

« Celle-là, elle est trop jolie pour que je l'arrache. »

Je me tortillai pour le voir. Il remonta entre mes cuisses et ne se retint plus. Avec ses pouces, il m'ouvrit pour que je sois totalement exposée. Avec une grâce brusque, il me caressa avec sa langue. Je ne pouvais pas m'empêcher de bouger les hanches, mais il me posa une main sur le ventre pour m'immobiliser. Bien sûr, cela ne suffit pas à me maintenir en place lorsqu'il glissa deux doigts en moi. Il les plia pour atteindre mon point g.

Il avait dû sentir que j'étais à un cheveu de l'orgasme, car il s'arrêta et leva la tête.

Je baissai les yeux sur lui.

« Pourquoi tu t'arrêtes ? demandai-je, le souffle court. Je veux jouir. »

Ses lèvres étaient couvertes de mon désir.

« Toute la nuit, compagne. »

Il plia de nouveau le doigt, et je me hissai sur les coudes. J'avais un extraterrestre sexy entre les jambes, et j'avais envie qu'il y reste. Jamais je n'aurais pu imaginer ça deux jours plus tôt. Mais maintenant ? Maintenant, il fallait que je fasse durer ce moment, que je me souvienne de chaque sourire coquin, de chaque caresse de ses doigts, de chaque coup de langue, car ce seraient les derniers. C'était mon ultime nuit avec lui, et je voulais tout avoir.

Je hochai la tête et répétai :

« Toute la nuit. »

Je me rallongeai sur le lit et le laissai s'occuper de moi. Heureusement, quand il baissa de nouveau la tête, il ne la releva plus avant de m'avoir fait jouir. Il trouva l'endroit qui me fit serrer les cuisses sur sa tête en criant son nom.

Des couleurs me tourbillonnaient derrière les paupières, et je criai. Avec mes cuisses sur ses oreilles, j'étais persuadée que ce son était étouffé pour lui. Mais il savait que j'étais en train de jouir. Mon sexe devint trempé, et mes parois se contractèrent sur ses doigts. Quand avais-je refermé les poings sur ses cheveux ?

Avec un doux baiser sur mon clitoris, il vint s'allonger sur moi. J'ouvris les yeux et vis qu'il souriait, l'air très content de lui.

« Ça fait un, » dit-il.

J'étais trop détendue pour faire autre chose que froncer les sourcils.

« Un ?

— Orgasme. Tu en auras beaucoup d'autres.

— Oh, mon Dieu, » murmurai-je en refermant les yeux.

Ma peau était moite de sueur, mon vagin me picotait, gonflé, mais je voulais qu'il me donne son sexe.

« Encore. »

J'étais tellement dévergondée avec lui - je ne m'étais encore jamais comportée ainsi -, mais je voulais d'autres orgasmes. Je voulais qu'il m'en donne au point de me faire perdre connaissance.

Il baissa les hanches et effleura ma chair mouillée avec son sexe, me faisant gémir.

« C'est ça que tu veux ? »

Je hochai la tête.

Il s'enfonça de deux centimètres, puis s'immobilisa.

« Encore ? »

J'ouvris les yeux, croisai son regard et hochai de nouveau la tête.

« Encore. »

Il se glissa encore de deux centimètres.

« Kiel ! » m'exclamai-je, exaspérée.

Je glissai les mains sur le bas de son dos, jusqu'aux muscles contractés de ses fesses, et je tentai de le coller à moi. Je pliai les genoux et me mis dans une position qui lui permettrait de me pénétrer plus profondément.

« Ce n'est pas toi qui commandes ici, compagne. C'est moi. Ton plaisir m'appartient. C'est mon honneur et mon privilège de te le donner.

— Alors, donne-le-moi maintenant, » geignis-je.

Son gland élargi m'étirait, et j'en voulais plus. Je voulais qu'il aille plus profond. Je le voulais tout entier.

« Tu es autoritaire, tu sais ? »

D'un seul coup, il m'emplit entièrement. Je poussai une exclamation et renversai la tête en arrière.

« Comme ça ? dit-il.

— Oui, » soufflai-je.

Il se retira jusqu'à ce que seul son gland m'étire, puis il s'enfonça à nouveau. J'étais mouillée, si mouillée que je pouvais l'entendre. Ce n'était pas un petit coup rapide. Ce n'était pas tendre. C'était puissant, sauvage, cochon.

« Oui, » répétai-je.

Je me mis à crier en rythme avec ses mouvements, jusqu'à l'orgasme.

J'étais en sueur, faible, complètement lessivée. Quand j'eus la force d'ouvrir les yeux, je le vis sourire, fier de sa virilité et de sa capacité à faire jouir sa compagne. Son sexe était toujours dur, et il était calme, comme un homme qui était encore loin d'être prêt à jouir.

Son regard braqué sur moi était comme un laser. Il m'avait déjà donné deux orgasmes et vu la façon dont il recommençait à bouger les hanches, il était parti pour m'en donner un troisième.

« Toute la nuit, compagne, promit-il en passant le pouce sur mon clitoris sensible. Pour toujours. »

Je gémis, consciente que j'étais complètement à sa merci. Toute la nuit, oui. Pour toujours ? Impossible. Je chassai cette idée de mon esprit et le laissai prendre possession de mon corps, car au petit matin, je serais partie.

Alors je m'en remis à lui. Toute. La. Nuit.

Je laissai ce qu'il y avait entre nous nous consumer.

8

*L*indsey, Centre de Préparation des Épouses Interstellaires, Miami, Quelques heures plus tard.

LA GRILLE de téléportation bourdonnait encore lorsque je titubai sur la surface noire et lisse et que je tombais dans les bras de la gardienne Égara.

« Doucement. Prenez une minute. Vous venez de voyager à travers l'espace. »

Sa voix d'ordinaire sévère était calme et apaisante. Trop calme.

« Lâchez-moi. »

Je me dégageai du bras qu'elle m'avait passé autour de la taille et me dirigeai vers les portes réservées aux employés qui menaient à la pièce où m'avaient emmenée les gens pour qui je travaillais. Sans que la gardienne le sache, bien sûr. Il y avait un vestiaire, où les employés de la cafétéria et de l'équipe de ménage gardaient leurs effets personnels et mes affaires devaient toujours s'y trouver. Mes vêtements. Mon portable. Tous cachés là dans l'attente de mon retour.

Il fallait que j'appelle ma mère, que je lui dise de prendre Wyatt et de me retrouver ailleurs que chez moi. Dans un endroit sûr. Tout sauf le vieil appartement dans lequel nous vivions depuis quelques années.

« Lindsey, regardez-moi, » aboya la gardienne Égara.

Je la repoussai et tapotai l'uniforme et le pantalon que je portais toujours. Ils étaient verts. Rachel m'avait déguisée en médecin et avait glissé la baguette ReGen dans ma poche avant que je quitte la Colonie. La Colonie. Bon sang. J'étais sur Terre, dans un endroit familier, et pourtant, je me sentais nauséeuse, littéralement malade à l'idée que Kiel se trouve aussi loin. Ma marque n'était plus chaude. Elle était morte. Rien de plus que de la peau plus foncée. Cette brûlure, ce lien avec mon compagnon, l'homme que j'aimais, me manquaient.

Non, ma marque ne me laisserait pas oublier Kiel. Il était gravé dans mon esprit, faisait partie de moi, à présent, tout comme la marque faisait partie de ma main.

Mais j'étais de retour chez moi, près de Wyatt. Tellement près. Tout ce que j'avais à faire, c'était le trouver avant le sénateur Brooks et sa bande de complotistes cinglés.

Le pantalon et la tunique étaient plutôt confortables, et je poussai un soupir de soulagement en sentant la baguette ReGen dans la poche du pantalon. Si elle guérissait Wyatt, comme prévu, mon voyage aurait valu le coup. Le cœur brisé qui me suivrait toute ma vie aurait valu le coup. Je pris une grande inspiration et serrai le poing, en espérant que la douleur s'apaiserait maintenant que ma marque savait que notre lien était mort.

« Il faut que j'y aille, » dis-je.

Je me précipitai vers le vestiaire, la gardienne à mes

trousses. Je l'ignorai. Je me fichais d'elle. La seule chose qui m'intéressait, la seule personne qui comptait, c'était Wyatt.

Une minute plus tard, je me tenais devant un casier ouvert et je me débarrassais des vêtements extraterrestres. Je me faufilai dans mon jean confortable et un tee-shirt en coton, ramassai mon grand sac à main et fourrai la baguette ReGen à l'intérieur. Lorsque je m'assis pour enfiler mes sandales, la gardienne attrapa le sac, et je me figeai. La baguette s'y trouvait. J'en avais besoin pour Wyatt.

Je bondis sur mes pieds, agrippée à la sangle du sac.

« Qu'est-ce que vous faites ?

— J'ai réussi à attirer votre attention ?

— Oui. »

Elle lâcha le sac et me laissa le reprendre. Je me rassis sur le banc et le serrai contre moi – loin de la gardienne.

Je me tendis, prête à me battre à nouveau pour garder ce sac, si nécessaire. Personne ne me prendrait la baguette. J'étais sur Terre avec la baguette guérisseuse, et Wyatt était si proche. Sa *guérison* était si proche. La gardienne prenait peut-être des airs sévères, mais j'étais désespérée. Je lui arracherais les yeux s'il le fallait. N'importe quoi pour Wyatt. N'importe quoi, y compris abandonner Kiel.

« Vous allez prendre la baguette et guérir votre fils, après quoi vous me la rendrez immédiatement. C'est compris ? Je viole une bonne centaine de règles en vous laissant quitter ce bâtiment, des règles qui pourraient me coûter mon emploi. »

Bon, d'accord. Elle marquait un point. Elle avait pris de gros risques pour m'aider. Rachel aussi, et elle risquait également de mettre ses deux compagnons en colère. En ce moment même, elle devait être en train de se faire enguirlander à cause de moi.

« Je suis désolée. Je comprends, et je vous promets de

vous la rapporter dès que j'aurai guéri la jambe de Wyatt. Vous avez ma parole.

— Et personne ne doit la voir, ni apprendre son existence. Cette technologie est interdite sur Terre. Elle *n'existe pas*, ici.

— Promis juré. Je ferai tout ce que vous me demanderez. Mais il faut que je soigne la jambe de mon fils. »

Je pris la bandoulière du sac. Elle était dure et ronde, comme un morceau de bambou sous ma paume, et la gardienne ne tenta pas de me le reprendre.

Habillée et prête à partir, je fouillai dans mon sac pour chercher mon portable. Je l'allumai et attendis patiemment qu'il soit prêt à être utilisé. La batterie était toujours chargée. Je n'étais partie que quelques jours, mais bon sang, j'avais l'impression que ça faisait une éternité.

Je n'étais plus la même personne qu'avant mon départ. J'étais plus forte, à présent. Aimer Kiel m'avait rendue plus forte, plus courageuse. Avec un peu de chance, la gardienne avait eu le temps de mettre en place la seconde partie du plan de Rachel.

« Rachel vous a envoyé les fichiers ? » demandai-je.

La gardienne Égara hocha la tête avec un sourire, cette fois.

« Oui.

— Et ? Vous avez eu le temps ?

— J'ai dû appeler quelqu'un en renfort, mais oui. Tous les fichiers sont corrigés et mis en ligne. On a aussi envoyé des exemplaires à toutes les agences de presse, alors elles vont sans doute les publier d'une minute à l'autre. »

La petite part brisée de moi qui s'était fanée et était morte à l'idée de trahir les guerriers de la Colonie se réchauffa et guérit. Rezzer et Marz, le gouverneur et les autres, les humains à qui j'avais parlé, pourraient faire entendre leur histoire. La vérité. Pas une version tordue des choses destinée à créer des ennuis aux guerriers de la Colonie.

J'en avais marre d'être un pion.

La gardienne et Rachel voulaient se servir des interviews que j'avais conduites, des histoires personnelles des guerriers pour tenter de recruter des Épouses. Je ne savais pas comment le Programme des Épouses Interstellaire fonctionnait au juste, mais la gardienne m'avait informée que si la compagne potentielle choisissait une planète en particulier, elle l'obtenait.

Et la Colonie avait besoin de plus de compagnes. Rachel l'avait assez dit, mais j'étais d'accord. J'avais vu les guerriers. Je les avais rencontrés. Ils avaient besoin d'espoir, d'avoir une vie et des enfants. Avoir autre chose que l'existence glauque qu'ils vivaient à présent. Les choses s'amélioraient, mais pas assez vite au goût de Rachel. Elle voulait que tous les habitants de la Colonie soient heureux. Sans tarder.

Sauf Kiel. Il ne serait pas accouplé. Il n'aurait pas sa compagne à ses côtés. Je lui avais nié le bonheur qu'il méritait, le genre de relation qu'il ne pourrait trouver avec personne d'autre. Je l'avais condamné à vivre une vie vide en choisissant de sauver mon fils. En lui mentant, en l'abandonnant. Je ne lui avais même pas dit au revoir.

« Ils devraient autoriser les mères célibataires à postuler au Programme des Épouses Interstellaires, murmurai-je. C'est nul. »

La gardienne hocha la tête, et ses yeux s'embuèrent face à ma douleur.

« Je suis d'accord. Mais c'est la Terre qui a mis en place cette règle, pas la Coalition.

— Je sais. C'est stupide.

— Les gouvernants de la Terre estiment que le choix de voyager vers un autre monde ne peut pas être fait à la place d'un mineur. Ils ne peuvent pas partir avant d'être assez vieux pour prendre cette décision eux-mêmes. »

Je connaissais le règlement. À une époque, j'avais même été d'accord. Mais à présent ? À présent ? Je savais que Kiel aurait fait un père aimant et protecteur. À présent, je réalisais que les femmes comme moi devaient renoncer à tout un tas de choses parce que les vieux croulants du gouvernement estimaient que moi, une mère célibataire, je n'étais pas capable de décider pour mon propre enfant.

C'était n'importe quoi, mais j'étais impuissante face à cela. Pour les prochains jours, en tout cas. Et ensuite ? Eh bien, je monterais peut-être une campagne sur YouTube en m'inspirant des choses que j'avais vues sur la Colonie. J'arriverais peut-être à convaincre des mères célibataires de signer des pétitions. Quelque chose. Il y avait forcément *quelque chose* à faire.

« Une chose à la fois. »

Je parlais toute seule, mais il fallait que je me concentre. Wyatt avait besoin de moi avant tout. Je pourrais m'inquiéter du reste plus tard.

Des larmes me brûlèrent les yeux, mais je les chassai avec l'efficacité d'une mère célibataire qui avait l'habitude de prendre des décisions difficiles et de retenir ses larmes. Rien n'était facile. Pleurer n'arrangerait rien, ça montrerait seulement à tout le monde que j'avais des failles, des faiblesses à exploiter. La douleur que me causait ma paume morte, personne n'en saurait jamais rien. Mais je savais que quelque part dans l'univers, une autre paume était tout aussi sombre, tout aussi froide et vide.

Mais Kiel n'était pas le seul à avoir besoin de moi. Je ne

pouvais pas me permettre d'être faible. J'étais une mère. Perdre mon sang froid était inenvisageable.

La gardienne m'accompagna jusqu'aux portes d'entrée du centre de préparation et attendit que la voiture que j'avais réservée avec mon portable arrive pour me ramener.

« Merci, » lui dis-je.

Elle pencha la tête de côté.

« De rien. Veillez simplement à tenir parole.

— Promis. »

Les portes vitrées s'ouvrirent, et je courus vers la voiture qui se rangeait près du trottoir. Le soleil commençait tout juste à se coucher, et je jetai un nouveau coup d'œil à mon téléphone. Il était vingt heures passées, ce qui voulait dire que Wyatt irait bientôt se coucher, et j'avais envie de le voir, envie de le serrer dans mes bras, envie qu'il me submerge de son amour pour que le vide laissé par Kiel soit un peu moins douloureux. J'avais envie de le guérir immédiatement, de ne pas attendre une seconde de plus avant de voir la douleur le quitter.

Les deux hommes de ma vie me manquaient, et la douleur dans mon cœur menaçait de me briser. La douleur dans ma paume morte ? Ce serait un rappel constant de ce que j'avais vécu avec Kiel.

Nous démarrâmes, et je jetai un coup d'œil au centre. La gardienne Égara me regardait partir depuis une fenêtre et me fit un signe. Je poussai une exclamation.

« Merde. »

Un coup de fil suffirait pour que le sénateur apprenne mon retour. Quelqu'un risquait de frapper à ma porte à l'instant où j'entrerais chez moi. Il fallait passer au plan b.

Il fallait que je m'enfuie. Il fallait que je fasse sortir Wyatt de cet appartement le plus tôt possible. Avec des gestes maladroits, je composai le numéro de ma mère.

Elle répondit à la deuxième sonnerie.

« Maman.

— Oh, mon Dieu, Lindsey ! Tu es rentrée ! J'avais tellement peur que tu ne t'en sortes pas. »

Elle éclata en sanglots et j'entendis mon petit garçon crier en fond sonore.

« *Maman est revenue ! Maman est revenue ! Maman est revenue !*

— Toutes vos affaires sont prêtes, comme je te l'avais demandé ? demandai-je à voix basse. »

Le chauffeur ne faisait pas attention à ce que je disais, mais je ne voulais pas prendre de risques.

« Tu as l'argent et les passeports pour nous trois ? »

Ma mère prit une voix plus calme et elle ignora les exclamations de Wyatt.

« Le sac pour le plan b ?

— Oui. »

Je lui avais demandé de se tenir prête à quitter la ville de manière précipitée, à partir sans retour possible. Au cas où. Apparemment, ce moment était arrivé.

« Oui, ma chérie. On est prêts. »

Je poussai un soupir.

« Bien. Mets les sacs dans la voiture. »

Je m'enfonçai dans mon siège et regardai les lampadaires passer à toute vitesse dans un flou causé par les larmes que je refusais de verser.

« Montez dans la voiture tout de suite. N'attendez pas. Ils savent que je suis revenue. Montez dans la voiture et retrouvez-moi à l'endroit dont on a parlé. Jette ton portable et sers-toi du téléphone prépayé que je t'ai acheté. Si tu as besoin de me joindre, appelle mon nouveau numéro. Je te l'ai écrit dans ton portefeuille. »

L'endroit où nous avions convenu de nous retrouver était un motel miteux à une trentaine de kilomètres de la ville. J'avais tout prévu. Nous traverserions les marais, jusqu'au golfe, puis nous suivrions la côte jusqu'au Texas. Et ensuite ? Eh bien, nous irions peut-être au Mexique. Ou alors nous sauterions dans un avion pour aller plus au sud. Au Costa Rica, au Pérou, même. Je retrouverais la gardienne Égara et je lui rendrais sa baguette, mais d'abord, je devais m'assurer que Wyatt soit en sécurité.

« D'accord, ma chérie. On t'y retrouve le plus vite possible.

— Dépêche-toi, maman. Ces gens-là ne plaisantent pas. »

Je raccrochai et donnai une nouvelle adresse au chauffeur. Je n'étais pas du genre à me ronger les ongles, mais j'étais tellement à cran que j'étais sûre de ne plus avoir d'ongles quand j'arriverais au motel. Le cœur battant, je m'enfonçai dans mon siège, fis descendre la vitre et jetai mon téléphone dehors, sur un coin d'herbe, pour qu'il ne se casse pas. J'espérais qu'ils traqueraient le signal. Encore mieux, j'espérais que quelqu'un le ramasserait et s'en irait avec, pour brouiller les pistes.

Les secondes étaient comme des heures, et j'aurais juré que nous nous prenions tous les feux rouges qui nous sépareraient du motel. Et chaque fois que nous nous arrêtions, j'avais l'impression que des ombres rodaient. Observaient. Attendaient.

Je poussai un soupir de soulagement quand le chauffeur se rangea sur le parking du motel. Je lui donnai vingt dollars de pourboire et lui demandai d'oublier m'avoir vue. Je lui dis que je fuyais un ex petit ami violent. Le chauffeur fronça les sourcils et me rendit mon billet de vingt. Il me dit de le garder, que j'en aurais plus besoin que lui. Lorsqu'il s'en alla, j'étais sûre qu'il ne parlerait pas, du moins pas avant un bon moment.

Ma vieille voiture, avec le rehausseur de Wyatt à l'arrière, était garée dehors, près de la cinquième porte bleue. Une petite tête blonde disparut derrière un rideau quelques secondes avant que la porte ne s'ouvre. Et immédiatement, je pus respirer à nouveau.

Le sourire de Wyatt aurait pu illuminer des villes entières alors qu'il se précipitait vers moi aussi vite que possible. Sa démarche était lente et maladroite, son appareil orthopédique l'empêchant d'aller aussi vite qu'il le souhaitait. Je le soulevai et le serrai fort contre moi alors qu'il enfouissait le visage dans mon cou et me serrai aussi fort que ses petits bras le lui permettaient.

Seigneur, il sentait si bon, il était si doux, si chaud. Si adorable.

« Tu m'as manqué, maman. »

Ces mots. Mon cœur se brisa en mille morceaux.

« Toi aussi, tu m'as manqué, mon bébé.

— Ne pars plus jamais. »

Je ne pouvais plus retenir mes larmes. Elles me cascadaient sur le visage.

« Non, plus jamais, Wyatt. C'est promis. »

Je le portai à l'intérieur de la chambre où nous attendait ma mère, que j'étreignis rapidement avant d'installer Wyatt sur l'un des matelas rigides. Elle me jeta un regard inquiet, bien qu'elle ait l'expression soulagée d'une mère qui a vu son enfant quitter le nid pour la première fois. Je n'avais pas pensé au courage dont elle avait dû faire preuve pour me laisser partir dans l'espace. Bon sang, elle avait envoyé son enfant dans l'espace !

Je serrai ses mains dans les miennes, et elle m'adressa un sourire larmoyant.

« J'ai quelque chose de spécial à te montrer, » dis-je à mon fils.

Wyatt tapa dans les mains comme s'il allait recevoir un cadeau, alors je complétai :

« Tu ne pourras pas le garder, mais des gens très gentils ont laissé maman emprunter quelque chose pour guérir ta jambe. »

Ma mère s'approcha et elle me posa une main sur l'épaule, les yeux écarquillés.

« Quoi ? Qu'est-ce que tu racontes ? »

Je me tournai vers son visage perdu et lui souris à travers mes larmes.

« Tu ne vas pas y croire. »

Je fouillai dans mon sac et en sortis la baguette ReGen. Je l'activai comme Rachel m'avait appris à le faire. Je retirai l'appareil orthopédique de Wyatt et remontai son bas de pyjama dinosaure jusqu'au genou, ce qui était stupide, puisque la baguette agissait sous la surface, mais je voulais le regarder. J'avais besoin de voir les choses.

« N'aie pas peur, » lui dis-je.

Mon cœur battait si fort que j'étais certaine que mon fils pouvait l'entendre. Le moment était arrivé. J'allais pouvoir guérir mon enfant, le rendre complet, d'un coup de baguette. Pas d'opérations. Pas de douleur.

La baguette devint bleue, et Wyatt écarquilla les yeux.

« Qu'est-ce que c'est ? » demanda-t-il en zozotant.

Je souris, plus heureuse que je ne l'avais jamais été depuis l'accident.

« Une baguette magique. Je l'ai ramenée de l'espace, rien que pour toi.

— C'est vrai ? »

Il avait un épi sur la tête, et ses cheveux blonds étaient tout ébouriffés.

« Et tu connais la formule magique ? demanda-t-il encore.

— Bien sûr, dis-je en me penchant pour l'embrasser sur le nez. Abracadabra. »

L'enthousiasme de Wyatt s'évanouit et il prit un air sérieux, allongé sur le lit alors que ma mère plaçait des oreillers sous sa tête. C'était une routine familière.

Mais ce serait la dernière fois. La dernière.

Je passai la baguette sur sa jambe jusqu'à ce que le signal lumineux que m'avait montré Rachel clignote, m'informant que la baguette avait accompli son travail. Je n'avais pas compté, mais il ne devait pas s'être écoulé plus d'une ou deux minutes. C'est tout. En deux minutes, il était guéri. Du moins, je l'espérais. Je la passai sur le reste de son corps, au cas où. Si quelque chose n'allait pas chez lui, quelque chose que j'ignorais, je voulais l'en guérir. Je voulais qu'il aille parfaitement bien.

Quand j'eus terminé, je regardai mon fils et son expression satisfaite.

« Comment tu te sens, mon chéri ? »

Le petit sourire de Wyatt me fit monter les larmes aux yeux.

« Je n'ai plus mal, maman.

— Fais-moi voir. »

Il me regarda, puis jeta un coup d'œil à ma mère, qui hocha la tête. Il bondit du lit, et son bas de pyjama se remit en place. Oui, il avait bondi. Pas de pas hésitant. Il me regarda avec de grands yeux. Puis il sauta. Ma mère tendit les bras, voulant le retenir instinctivement.

« Tout va bien ! lança-t-il avant de traverser la pièce en courant, jusqu'à la porte de la salle de bains, avant de revenir. Maman, tout va bien ! »

Ma mère se plaqua une main sur la bouche, tentant de

retenir ses larmes. Des larmes de joie, pas de tristesse. Nos regards se croisèrent.

« Tout va bien, » dit-elle.

Je hochai la tête alors que Wyatt venait se placer devant moi.

Je lui ébouriffai les cheveux et je répétai :

« Tout va bien. »

Mon soulagement était incroyable. Ça avait marché. Quoi qu'il nous arrive, à présent, je savais que Wyatt irait bien.

« C'est bien, Wyatt, dis-je. C'est l'heure de dormir, maintenant. »

Il grimpa sur le lit sans faire d'histoire. Même si je savais qu'il avait envie de sautiller dans la chambre toute la nuit, il était tard pour lui.

« Endors-toi, dis-je en l'embrassant sur le front.
— Reste, dit-il.
— Oui, je reste. Promis. »

Wyatt s'endormit, et ma mère et moi nous assîmes dans des chaises en bois, placées l'une en face de l'autre autour d'une petite table ronde. Le motel était vieux, la moquette usée jusqu'à la corde face à la porte d'entrée. Des moucherons étaient collés aux ampoules du plafond, et la pièce sentait la poussière, mais je me fichais de tout ça. Wyatt était guéri, et nous étions en sécurité.

Ma mère se pencha en avant et croisa les bras sur la poitrine. Elle haussa un sourcil, une expression que j'avais vue des centaines de fois. Elle tendit la main, et je lui donnai la baguette.

« Raconte-moi, » dit-elle.

Elle ne dit rien d'autre. Elle n'avait pas besoin de le faire. Je devais lui faire le récit de trois jours et dix années-lumière de voyage. À présent que Wyatt dormait, j'osais lui parler du trajet, de l'arène, et de Kiel. De la baguette. Quand j'eus fini, j'essuyai les larmes qui me roulaient sur les joues, et elle aussi.

« Tu l'aimes, » dit-elle.

Ce n'était pas une question.

Je haussai les épaules.

« Comment serait-ce possible ? Je ne l'ai connu que pendant deux jours. »

Elle haussa de nouveau le sourcil et elle répéta :

« Tu l'aimes. »

Je regardai mon fils.

« J'aime Wyatt.

— Mais Kiel est ton... quoi ? Ton compagnon marqué ? »

Je tendis la main et lui montrai ma marque. La marque qui, jusqu'à il y a quelques jours, était une simple tache de naissance.

« Ton père en avait une comme ça. Et sa mère aussi. Je croyais que c'était une drôle de marque génétique, comme les cheveux roux ou les dents de travers. »

J'étais surprise. Mon père n'était plus là depuis longtemps, et je ne me souvenais pas de ce genre de petits détails. Surtout une marque sur la paume. S'il en avait une, cela voulait-il dire que ma mère était sa compagne marquée ?

« Tu n'en as pas toi, » dis-je.

Elle secoua la tête.

Alors, mon père avait eu une compagne marquée quelque part dans l'univers, mais il ne l'avait jamais trouvée ? Était-elle toujours en vie ? Était-ce important ? Je savais que mes parents avaient été heureux ensemble. *Ça*, je m'en souvenais. Ma mère n'en savait pas plus, et mon père n'avait peut-être rien su non plus. Moi aussi, j'ignorais que ma marque voulait dire que j'étais une descendante d'Evéris. Je n'avais pas l'intention de dire à ma mère que son mariage était moins fort parce qu'ils n'étaient pas des compagnons marqués.

« Il n'y a pas une solution ? Pour que tu sois avec lui... et Wyatt ? » demanda-t-elle, me faisant revenir sur Terre.

Je secouai la tête avec tristesse.

« Il n'est pas au courant, pour Wyatt. Je ne lui ai jamais dit.

— Tu devrais avoir honte, Lindsey, me gronda-t-elle. S'il t'aime, il acceptera Wyatt. Je ne comprends pas pourquoi vous ne pouvez pas être ensemble.

— Parce que la Terre n'autorise pas les mères à se porter volontaire pour le Programme des Épouses Interstellaires. C'est contraire au règlement. On peut sacrifier sa propre vie pour aller sur une autre planète, mais on ne peut pas prendre cette décision à la place d'un mineur. Ce n'est pas permis.

— C'est des conneries, ça, Lindsey. »

J'écarquillai les yeux. Ma mère ne disait jamais de gros mots.

« Tu n'es pas une Épouse, dit-elle. Tu n'as pas été mise en paire par leur système.

— Je... »

Oh la vache. Ma mère avait raison.

Si tu pouvais emmener Wyatt vivre sur la Colonie, tu le ferais ?

Un drôle d'éclat de rire m'échappa.

« Oui.

— Pourquoi tu ne lui as rien dit ? »

Je n'arrivais pas à affronter son regard, alors au lieu de lui parler en face, je braquai les yeux sur la moquette élimée.

« Je ne sais pas. Tout s'est passé tellement vite, et je

savais que je ne pouvais pas rester. Ce n'était jamais le bon moment. »

Le son désapprobateur que fit ma mère me fit grimacer.

« Tous les hommes ne sont pas comme Pe...

— Ne prononce pas son nom, l'interrompis-je.

— Très bien. Tous les hommes ne sont pas comme le *donneur de sperme*. Tu aurais dû lui dire la vérité.

— C'est trop tard, maman. Je suis ici, maintenant, et il se trouve à l'autre bout de l'univers. Tout ce qui importe, c'est que Wyatt aille bien. »

J'eus un grand sourire. Ma mère tourna la tête pour regarder Wyatt, qui dormait profondément.

« Oui, c'est un vrai miracle. »

Elle poussa un soupir, et je la regardai attentivement pour la première fois depuis mon retour. Des rides lui marquaient le contour des yeux. Sa peau était pâle.

« Tu es épuisée, maman. Va te coucher. »

Le fait qu'elle ne proteste pas prouvait à quel point elle était fatiguée, et elle alla se coucher dans le deuxième lit, avant de rabattre les couvertures sur elle. Elle se débarrassa de ses chaussures et se glissa au lit tout habillée. Quand elle eut posé sa tête sur l'oreiller, elle me regarda.

« Quand est-ce que tu veux partir ? »

Je jetai un coup d'œil au réveil numérique posé sur la table de chevet entre les deux grands lits.

« Dans quatre heures, maximum. »

Elle hocha la tête et ferma les yeux.

Je vérifiai que la porte était bien verrouillée et me mis au lit derrière Wyatt. Je le pris dans mes bras et enfouis le nez dans ses cheveux à l'odeur sucrée, pour sentir son arôme de petit garçon et de soleil. Rien au monde ne sentait meilleur que lui.

J'étais en train de m'assoupir lorsque la porte s'ouvrit à

la volée, rebondissant contre le papier peint jaune plein de taches qui couvrait le mur.

Nous nous réveillâmes tous les trois en sursaut. Ma mère poussa un cri, et je pris Wyatt dans mes bras pour le placer sous mon corps. Je l'entendis gémir, mais il ne bougea pas.

Je levai les yeux et vis le visage que j'avais le moins envie de voir au monde, celui de Roger, l'homme de main du sénateur. C'était lui qui m'avait proposé l'arrangement et avait menacé mon fils. Trois jours plus tôt, j'avais été prête à tout. Et j'avais réussi, j'avais guéri Wyatt au-delà de toutes mes espérances.

« Roger.

— Mademoiselle Walters, je crois que vous nous devez une explication. »

Derrière lui, le médecin du centre de préparation entra dans la pièce d'un pas raide et se dirigea vers la baguette ReGen posée sur la table de chevet, là où ma mère et moi l'avions laissée.

« Je vais récupérer ça, dit-elle.

— Non, vous ne pouvez pas faire ça. »

Je devais la rendre à la gardienne Égara. Nous avions un accord. Wyatt serait guéri, et elle récupérerait la baguette. Je ne pouvais pas revenir sur ma parole, mais Roger sortit un pistolet de l'endroit magique d'où tous les méchants semblent cacher leurs armes, et je sus que j'allais devoir briser ma promesse.

« Si, on peut, » dit-il.

Il agita son pistolet entre moi et ma mère, qui était assise et le regardait avec de grands yeux. Elle avait peur. Elle ne cessait de jeter des coups d'œil à Wyatt.

« Relâchez ma mère et Wyatt, dis-je. Ils n'ont rien à voir avec tout ça. »

Roger haussa un sourcil d'un air sinistre et dit :

« Faites vos bagages, mesdames. Vous venez tous avec nous. »

Je me tendis, prête à me lever du lit et à tenter de protéger Wyatt, mais alors que je me préparais, un miracle se produisit. Ma marque se mit à le brûler, et je me mis à pleurer.

Wyatt jetait des regards entre Roger et moi, les yeux écarquillés et pleins de peur.

« Pleure pas, » maman.

Je lui souris.

« Ne t'en fais pas. Tout va bien se passer. »

Je tournai la tête vers Roger et vis la confusion sur son visage alors que toute mon attitude changeait et que je me redressai avec fierté devant lui, sans la moindre peur.

« Si j'étais vous, je rengainerais cette arme.

— Et pourquoi je ferais ça ? » demanda-t-il.

Mon sourire était sincère alors que ma paume se remettait à me brûler.

« Pour que mon compagnon vous épargne. »

9

iel

« Ces véhicules terriens sont pitoyables. Même à pieds, je vais plus vite. »

La gardienne Égara m'ignora et garda les yeux sur la route, les mains agrippées au volant de ce drôle de véhicule.

« Oui, mais combien de temps vous tiendriez à ce rythme ? »

Elle donna un brusque coup de volant pour contourner un grand véhicule chargé de boîtes géantes, et je m'accrochai à la petite poignée située au-dessus de la fenêtre pour ne pas tomber sur ses genoux.

« Plusieurs kilomètres, dis-je.

— Mmm. Si vous le dites. »

Elle se redressa et se replaça dans la file, devant le véhicule plus grand.

« Elle pourrait être à dix kilomètres de là, ou bien cent. Vous ne tiendriez pas aussi longtemps. »

Peut-être pas et c'était pour cette raison que j'avais accepté de me plier en deux pour m'installer dans le siège de cet engin qu'elle nommait voiture. Je sentis une odeur de sang, mais elle n'était pas fraîche. L'odeur m'était familière.

« Il y a du sang dans ce véhicule, mais il n'appartient pas à ma compagne. »

Elle secoua la tête.

« Par où ? »

Je fermai les yeux un instant et lui montrai la sortie de gauche. Elle y alla, et je me gorgeai davantage de l'odeur de sang.

« Ce sang m'est familier, » dis-je.

Mes sens de Chasseur refusaient de passer à autre chose.

« Ça date d'il y a des mois, dit-elle. Et j'ai passé la voiture à l'eau de javel deux fois entre temps.

— Je vous recommande de la nettoyer à nouveau, si vous voulez effacer toutes les traces. L'odeur persiste. »

La gardienne sourit.

« Vous êtes vraiment un Chasseur, hein ?

— Bien sûr. »

Nous passâmes devant une petite rue, et je dis :

« Tournez. Tout de suite. »

Elle écrasa les freins, et je me retins au tableau de bord alors que deux des roues quittaient la route et que les deux autres crissaient. Lorsque la voiture se reposa, elle répondit enfin à ma question :

« Ce sang appartient à Jessica. Elle a été blessée par une équipe d'éclaireurs de la Ruche juste avant que Nial la trouve.

— La compagne du Prime ?

— Oui.

— Il y avait une équipe d'éclaireurs de la Ruche ici ? Sur Terre ?

— Oui.

— Accélérez. On approche. »

J'arrivais à percevoir Lindsey, à présent, je parvenais presque à goûter sa peau, à entendre son cœur battre. Le lien que nous partagions se réveilla, et ma paume se mit à me brûler agréablement, un feu ravageur qui emplit mon corps tout entier de désir. Ma compagne était proche et contrariée. Elle avait peur. Alors que je m'approchais, mes instincts se tendirent vers elle, vers le lien psychologique que nous partagions dans nos rêves.

Je ne savais pas ce qui se passait, mais je savais qu'elle avait peur.

La gardienne s'arrêta à une intersection et me regarda.

« Par où ? »

Lindsey était tellement proche, à présent, que sa présence noyait tout, sauf mon besoin de la rejoindre.

J'ouvris la porte de la voiture et me mis à courir, tellement vite que tout devint flou. Un bâtiment se trouvait devant moi, avec une suite de portes fermées. Des voitures étaient garées devant chaque porte, et je sus que ma compagne se trouvait là, quelque part.

Je m'arrêtai au milieu du parking et fermai les yeux, à l'écoute de ses battements de cœur, de sa voix.

« *Pleure pas, maman.* »

Mon cœur s'arrêta de battre alors que j'entendais la voix de mon fils pour la première fois.

« *Ne t'en fais pas. Tout va bien.* »

Lindsey, ma compagne courageuse. Elle avait peur, j'entendais le chevrotement dans sa voix, mais elle tentait de le rassurer.

Ses prochains mots me glacèrent jusqu'aux os.

« *Si j'étais vous, je rengainerais cette arme.*

— Et pourquoi je ferais ça ? »

La voix de l'homme était grave et calme. Arrogante.

Il mourrait.

« *Pour que mon compagnon vous épargne.* »

Lindsey essayait de le sauver, mais c'était trop tard. Il avait menacé ma compagne et mon fils. J'ignorais ce qu'était cet endroit, mais ce n'était pas chez Lindsey. Ça, je le savais alors que d'autres personnes bougeaient derrière les portes voisines.

Silencieux comme une ombre, je me dirigeai vers la porte et écoutai.

Cinq battements de cœur. Cinq rythmes différents. Le pouls rapide du petit garçon ressemblait presque à celui d'un oiseau. Je distinguais le son de quatre corps, l'odeur douce de trois femmes, l'une d'entre elles celle de ma compagne.

Mais l'autre ? Elle était métallique et puait l'agressivité masculine. La guerre avait une odeur, et cet homme exsudait son désir de faire le mal, d'intimider, peut-être même de tuer.

J'attendis, écoutant alors qu'il leur ordonnait de faire leurs bagages et de sortir.

Une femme que je ne reconnaissais pas sortit de la pièce en premier. Elle était jeune, à peu près du même âge que ma Lindsey, ses cheveux étaient roux foncé, et ses vêtements ressemblaient à ceux de la gardienne Égara, mais en vert.

Le médecin qui avait trahi le programme. Ça devait être elle. C'était elle qui avait mis l'implant de langage à Lindsey et l'avait fait entrer dans la salle des transports.

Je restai immobile et silencieux, attendant dans la zone

plongée dans l'obscurité où la lumière des lampes ne brillait pas.

Une femme d'âge moyen sortit ensuite, et d'après son apparence et sa démarche, je sus qu'il s'agissait de la mère de Lindsey.

Ma compagne apparut dans l'encadrement de la porte. Le lâche s'était placé derrière la vitre.

À l'instant où ma compagne passa le seuil de la porte avec Wyatt et où je sus qu'un tir de l'arme de l'homme ne l'atteindrait pas, je bondis.

Il y eut une explosion de verre brisé alors que je levais les coudes pour me protéger le visage pendant que je me jetais sur l'homme qui avait menacé ma compagne.

Sa nuque craqua entre mes mains une demi-seconde plus tard, avec un son que j'aurais voulu entendre mille fois. Il s'écroula, et l'arme qu'il avait utilisée pour effrayer Lindsey tomba au sol avec un bruit sourd. Des éclats de verre tombèrent de mon armure comme des gouttes d'eau et heurtèrent le sol avec des centaines de petits bruits carillonnants que personne d'autre ne pouvait entendre.

Je jetai le cadavre de l'homme dans un coin et me tournai vers ma compagne.

« Lindsey. Tu es indemne ? »

Elle resta figée durant un instant péniblement long pour moi. J'avais besoin d'elle, besoin de la toucher, de l'embrasser, de sentir qu'elle était vivante et qu'elle allait bien.

Alors que j'allais devenir fou, le charme se rompit et elle poussa un cri, avant de se jeter sur moi en me faisant confiance pour la rattraper.

Elle me passa les bras autour de la nuque et écrasa mes lèvres des siennes avec un désespoir que je ressentis profondément.

« Kiel ! »

Elle interrompit notre baiser, et je la reposai sur ses pieds, mes bras autour de sa taille. Je ne voulais plus la lâcher.

« Il t'a fait du mal ? »

Elle secoua la tête, et je me détendis enfin un peu.

Une petite main me tira par le bras, et je me retrouvai face à une paire d'yeux bleus, les mêmes que Lindsey.

« Bonjour. Qui es-tu ? »

Tout en gardant une main sur Lindsey, je me penchai et soulevai Wyatt de mon autre bras, puis je croisai le regard de mon fils et lui racontai la vérité :

« Je suis ton père, maintenant, Wyatt. J'aime ta maman et je vais prendre soin de vous deux, dorénavant. »

Le petit garçon me regarda, puis se tourna vers sa mère, qui pleurait et s'accrochait à moi comme si j'étais tout son univers. Et je le serai.

« Maman ?

— Quoi, mon bébé ?

— C'est mon nouveau papa ? »

Le sourire de Lindsey était tellement plein d'amour lorsqu'elle regarda son fils que je sentis les larmes me monter aux yeux. Par les dieux, qu'est-ce que j'aurais donné pour qu'elle me regarde avec un tel amour inconditionnel !

« Oui, dit-elle. Ça te convient ? »

Le petit homme me regarda, posa ses mains sur mon visage et fit tourner ma tête d'un côté, puis de l'autre, pour m'explorer, m'examiner, me tester. Je remarquai la marque évérienne sur sa paume et je sus qu'un jour, il serait fort et deviendrait peut-être même Chasseur. Il plongea son regard dans le mien, et je vis une âme bien plus mûre que son jeune corps. Je sus qu'il avait souffert tout autant que sa mère.

Je me fis la promesse qu'il n'aurait plus jamais à souffrir.

Je patientai. Cet instant, la façon dont il réagirait face à moi, c'était le choix de Wyatt. Mais il viendrait avec moi quoi qu'il arrive. Il faisait partie de Lindsey, et je l'aimais déjà, lui et son courage, l'amour évident qu'il portait à sa mère. Mais je ne forcerais pas les choses. Je lui laisserais le temps dont il avait besoin pour me faire confiance.

Wyatt me regarda dans les yeux et dit :

« Tu m'apprendras à protéger ma maman pour que les méchants ne viennent plus ? »

Sa question me fit bouillir le sang, et Lindsey poussa une exclamation, mais je lui fis une promesse solennelle.

« Oui, Wyatt. Je t'apprendrai à être un guerrier et à protéger les gens que tu aimes. »

Wyatt hocha lentement la tête avant de poser sa douce petite tête sur mon épaule pour regarder sa mère.

« D'accord. Je veux t'appeler papa. »

Les épaules de Lindsey se mirent à trembler, et je vis que sa mère nous regardait depuis la porte. Des larmes lui coulaient sur les joues, et je lui adressai un signe de tête respectueux et plein de gratitude.

« Mère.

— Bienvenue dans la famille, Kiel, dit-elle en s'essuyant les joues. J'espère que vous savez qu'où que vous emmeniez ma fille, je viendrai aussi. »

Je reconnus la lueur déterminée dans ses yeux, un regard que j'avais vu plus d'une fois chez Lindsey.

« Bien sûr, dis-je.

— Très bien, alors. »

Elle se tourna vers le parking alors qu'une femme se mettait à crier. J'emmenai ma compagne et mon fils vers la porte pour mieux voir et j'aperçus la gardienne Égara sur le parking, son arme pointée sur l'autre femme qui était sortie de la chambre. Elle lui prit la baguette ReGen des mains.

« Je vais récupérer ça, Docteur Graves.

— Je suis désolée, Katherine, dit la femme rousse en voûtant les épaules alors que la gardienne la conduisait dans sa voiture, furieuse.

— Tu n'auras qu'à dire ça à ton avocat. »

∽

Kiel, Appartements Personnels, La Colonie

Ce n'est que quand Lindsey fut dans mes appartements et que la porte se referma dans un souffle derrière nous que je pus respirer à nouveau. Tous mes muscles crispés se détendirent. Ma marque était chaude et vivante. Mon cœur ne souffrait plus.

« Kiel, » dit-elle.

Seulement mon nom, rien de plus, mais j'entendais l'inquiétude dans sa voix.

Eh merde. Je ne voulais pas qu'elle s'inquiète à nouveau.

Je ne l'avais pas lâchée depuis que je l'avais trouvée devant la porte de cette chambre. Je n'avais pas l'intention d'arrêter de la toucher de sitôt. J'avais serré Wyatt contre mon flanc d'un bras, l'autre main passée autour des épaules de Lindsey pendant la téléportation. La mère de Lindsey, Carla, tenait sa fille par la main, étonnamment calme pour quelqu'un qui n'avait jamais voyagé ainsi et qui quittait sa planète pour toujours. Wyatt et elle avaient reçu des implants langagiers, offerts par la gardienne Égara, qui nous avait pris dans ses bras et nous avait dit de quitter cette planète avant qu'une catastrophe n'arrive.

Mais maintenant que nous étions à la maison, j'attirai Lindsey contre moi et l'enlaçai, content qu'elle soit là. Avec moi.

« Tu es sûr que ça va ? » demanda-t-elle, ses mots étouffés par ma tunique.

J'avais également hâte d'être avec Wyatt. D'apprendre à le connaître, de le voir sourire, de le regarder ouvrir de grands yeux en découvrant le monde – non, l'univers – autour de lui. Mais nous aurions le reste de nos vies pour ça. Nous pourrions faire cela le lendemain. Mais ce soir, je devais revendiquer ma compagne marquée, la faire mienne. J'étais impatient, et même si elle ne comprenait pas exactement en quoi ça consistait, elle l'était aussi.

Elle n'avait pas grandi en sachant ce que voulait dire la revendication. Être séparé d'elle avait été une torture, mais le fait qu'elle soit proche de moi, sans l'avoir revendiquée était douloureux. Mon corps se languissait d'elle, tout comme le sien devait se languir de moi. Ce n'est qu'après la revendication que nos corps, nos esprits et nos cœurs seraient enfin apaisés.

J'avais envie de revendiquer Lindsey, ma compagne, mais il fallait d'abord que je rassure Lindsey, la mère.

« Tu as vu Rachel, dis-je. Elle est ravie qu'il y ait un petit garçon ici. Ta mère est avec Wyatt, alors il est avec quelqu'un de familier, mais il a hâte de découvrir la planète que tu as explorée. Rachel et ses compagnons vont lui faire visiter. Je suis sûr qu'il va courir partout et qu'il sera bientôt prêt à aller se coucher. Je ne connais pas trop les effets d'une téléportation sur quelqu'un d'aussi petit, mais Rachel va le surveiller de près. »

Je vis Lindsey jeter un coup d'œil vers la porte. Je reconnus son regard inquiet.

Je tapotai mon bracelet de communication.

« Gouverneur Rone.

— Kiel ? Je pensais ne plus vous entendre ce soir, maintenant que votre compagne est de nouveau avec vous. »

Effectivement, parler à Maxime n'était pas ma priorité numéro un. Mais je ne pouvais pas revendiquer Lindsey si elle avait l'esprit ailleurs. Je voulais qu'elle soit seulement concentrée sur le fait que je la pénétrais tellement profondément que nous ne faisions plus qu'un.

« Comment va Wyatt ? » demandai-je, sans répondre à son commentaire.

Un petit garçon poussa un cri de joie.

« Encore ! fit la petite voix.

— Ryston le soulève dans les airs comme s'il était un croiseur de guerre prillon. »

Oui, le petit garçon était entre de bonnes mains, et je sentis Lindsey se détendre dans mes bras.

« Ne vous en faites pas pour nos nouveaux invités. Ils sont contents, tous les deux. Rachel leur a préparé des chambres pour la nuit.

— C'est un téléphone ? Est-ce que Lindsey est là ? » interrompit la voix de la mère de ma compagne.

Je ne pus m'empêcher de sourire face à ce manquement au protocole. Elle avait coupé la parole au gouverneur. Lorsque j'entendis cet homme stoïque rire, je fus soulagé de savoir que lui aussi s'amusait.

« Je suis là, maman, » dit Lindsey.

Lors de son court séjour ici, elle avait appris comment fonctionnaient les bracelets de communication. Sa mère et Wyatt s'adaptaient encore plus vite, car le Dr Surnen s'était assuré de les soulager de leur mal de tête dû à la téléportation. Wyatt avait adoré courir à travers la base en parlant à tous les guerriers. Plus étonnant encore, plus un guerrier avait d'implants, et plus le petit garçon voulait lui parler.

Je ne me serais jamais imaginé qu'un habitant de la Colonie puisse montrer fièrement ses implants. Mais ceux qui avaient le plus de parties argentées avaient les faveurs de Wyatt, tout comme la femme magnifique que je tenais dans mes bras avait la mienne.

« Amuse-toi bien avec Kiel, ma belle. Wyatt et moi, on va très bien. On te verra demain. Ou le jour d'après.

— Encore ! lança Wyatt en arrière-plan.

— Satisfaite ? » murmurai-je.

Lindsey leva les yeux vers moi et hocha la tête.

« Demain, dis-je, avant de couper la connexion. Je sais que tu voudras voir Wyatt au réveil. On déménagera pour qu'il ait une chambre à côté de la nôtre. Quant à ta mère, je suis sûr qu'elle voudra avoir son propre appartement pas loin. »

J'aimais beaucoup la mère de Lindsey, en me basant sur le peu de temps où nous nous étions connus. Elle était gentille et courageuse. Je comprenais d'où ma compagne tenait ses beaux yeux et ses cheveux clairs. Carla avait beau être plus vieille que la plupart des guerriers de la Colonie, certains d'entre eux avaient son âge, et son cœur ne tarderait pas à être pris.

« Tu vois, ils s'amusent, dis-je à Lindsey en lui embrassant le sommet du crâne, mes lèvres contre ses cheveux soyeux. Quant à toi, j'ai également prévu de te divertir. »

Elle pencha la tête en arrière pour me regarder, ses yeux bleus pleins d'amour – et de désir.

« Ah bon ?

— Mmm, ma brave compagne. Il semblerait que l'on ait tous les deux traversé l'univers l'un pour l'autre.

— Et je le referais sans hésiter. »

Ces mots me mettaient du baume au cœur. Oui, j'étais

un guerrier endurci, un Chasseur, mais je fondais devant elle.

« Moi aussi, dis-je en la serrant fort contre moi, avant de la repousser. Mais on n'aura pas besoin de le faire. C'était comme si on m'avait arraché un bras. »

Elle hocha la tête et se lécha les lèvres.

« Oui.

— Je souhaite te revendiquer, Lindsey de la Terre. »

Un sourire radieux s'étala sur son visage.

« Lindsey de la Colonie, » corrigea-t-elle.

Le gouverneur avait approuvé son transfert et lui avait immédiatement accordé la citoyenneté. Comme ce n'était pas une épouse officielle, elle n'avait pas besoin de respecter les règles habituelles. Quant à Wyatt, j'avais déclaré que c'était mon fils et je lui avais fait quitter la Terre illégalement. Heureusement, Maxime n'avait pas protesté. Les terriens non plus. Apparemment, la disparition d'un petit garçon passait inaperçue. Tant mieux. Il était à moi, désormais. Tout comme sa mère.

« Je ne connais pas les coutumes lorsque deux personnes se lient sur Terre, mais je veux te revendiquer, te faire mienne. De façon permanente. Irrévocable. Je ne peux pas le faire sans ton consentement.

— Oui, » souffla-t-elle.

Je portai sa main à ma bouche et la retournai pour lui embrasser la paume. Sa marque. Je sentais sa chaleur contre mes lèvres.

« Sois mienne, dis-je.

— Et toi, tu seras mien ? demanda-t-elle avec une voix faussement timide.

— Oui, corps et âme. Il faut simplement que je te déshabille, que je pénètre ta chatte chaude et mouillée et que je t'emplisse de ma semence.

— Et alors, je t'appartiendrai ?
— Tu seras revendiquée, corrigeai-je. Mais seulement si je fais tout ça pendant que nos marques se toucheront. »

Elle me prit par la main et entrelaça nos doigts pour que nos paumes se touchent.

« Comme ça ? »

Je hochai la tête et commençai à m'avancer, la forçant à reculer, pas à pas, vers notre lit.

« Oui, mais il va falloir qu'on se lâche si on veut se déshabiller. »

Elle ouvrit sa main et fit un pas en arrière. Elle commença à retirer son haut, mais je secouai la tête.

« Rappelle-toi, compagne. C'est mon travail. »

Et voilà, le moment était venu de revendiquer ma magnifique compagne terrienne. De la faire mienne à jamais.

~

Lindsey

Ça y est. Il allait me revendiquer, et plus rien ne pourrait nous séparer. Plus jamais. J'étais contente que Kiel veuille me déshabiller. J'avais les mains qui tremblaient. J'avais tellement envie de lui. Il avait dit que notre désir deviendrait de plus en plus fort jusqu'à la revendication. Il n'avait pas menti. Bien sûr, j'avais eu le cœur brisé et j'étais distraite pendant mon retour sur Terre, mais là ? Là, j'avais envie de lui avec une sauvagerie, un besoin que je n'aurais jamais imaginé possible. J'étais tellement mouillée qu'il aurait pu me prendre immédiatement.

Je ne tiendrais pas longtemps. Dès qu'il me toucherait les tétons ou le clitoris, j'exploserais comme un feu d'artifice.

Cette fois, il ne fut pas patient. Mes vêtements atterrirent sur le sol en quelques secondes, et il me souleva pour me jeter sur le lit.

Mon compagnon avait traversé l'univers pour me sauver et me ramener à la maison. J'adorais son attitude d'homme des cavernes. Bon sang, ça m'excitait.

Enfin, tout chez lui m'excitait. Sa voix, son odeur, chaque centimètre de sa peau qu'il dévoilait rapidement alors qu'il se déshabillait. Son sexe magnifique – et la façon dont il me remplissait.

Dès que ma contraception ne serait plus efficace, je tomberais enceinte, je le sentais. Kiel était si viril, le simple fait de le regarder réveillait mes ovaires. Je voulais avoir un enfant avec lui. Une petite fille avec ses cheveux bruns. Une petite fille qui le mènerait par le bout du nez. Et Kiel apprendrait à Wyatt à veiller sur sa petite sœur.

Quand Kiel fut enfin nu devant moi, je tendis une main vers lui, pliai les genoux et posai mes pieds sur le lit pour m'ouvrir à lui.

Je l'entendis grogner alors qu'il s'avançait.

« Compagne, tu es trop tentante, dit-il en croisant mon regard. J'ai du mal à me maîtriser. Cette revendication va être rapide. Mais ensuite, nous aurons toute la nuit. »

C'était ce qu'il avait dit la première fois qu'il m'avait prise. Était-ce seulement quelques jours plus tôt ? Il avait été impatient et avait joui rapidement, mais ensuite, il avait pu me prendre toute la nuit. Et bon sang, il avait une sacrée endurance. La première fois, j'avais été impatiente aussi, car je savais que nous n'avions pas beaucoup de temps devant nous, parce que j'allais partir. Mais à présent, je secouai la tête, et mes cheveux balayèrent le lit.

« Nous aurons l'éternité. »

Il sourit et répéta :

« L'éternité. »

Il me posa une main sur le genou et m'écarta pour lui. Comme je l'avais pressenti, j'étais tellement mouillée que son gland glissa en moi d'un seul coup.

Il gémit, et je poussai un cri. Je jouis instantanément.

Mes parois se contractèrent sur lui, l'attirant plus profondément.

Sa main trouva la mienne, et nos doigts s'entremêlèrent. Je levai les yeux vers lui, le regardai me regarder.

« Tu es trop parfaite, dit-il. Trop belle. C'est tellement agréable. Je te revendique, Lindsey. Ma compagne. Mon amour. Mon cœur. »

Chaque mot était ponctué par un grand coup de reins. Je plaçai les hanches de manière à le prendre plus profondément, la pénétration agréable après mon orgasme. Je regardai le désir s'emparer de Kiel, ses yeux se plisser, ses hanches accélérer, perdre leur rythme régulier.

« Mienne, » dit-il, avant de répéter ces mots encore et encore.

Il les scandait, les deux mots résonnant contre les murs de la pièce alors qu'il se tendait au-dessus de moi. Je sentis sa chaleur, son essence, se déverser en moi. M'emplir, m'enduire. Me marquer.

Me revendiquer.

« Mien, » répétai-je.

Lorsque Kiel reprit son souffle, il ne se retira pas, ne se laissa pas tomber à côté de moi sur le lit. Non, il garda son érection et resta enfoncé en moi.

« Encore.

— Tout de suite ? » demandai-je, surprise.

Sa main pressa la mienne, là où nos deux marques se touchaient.

« Toute la nuit, compagne. Toute la nuit. »

Oh, Seigneur.

Il commença à bouger, me prit vite et fort, lentement et doucement, dans toutes les positions, de toutes les façons possibles.

Toute. La. Nuit.

ÉPILOGUE

Lindsey, La Colonie, Quatre Mois Plus Tard...

« Je te jure, je crois que ce bébé va sortir déjà adulte, dit Rachel en se traînant vers une chaise, penchée vers moi avec un manque caractéristique de grâce. Je n'arrive pas à croire qu'il me reste trois mois de grossesse.

— Au moins, tu n'es pas obligée de rester au lit comme Kristin, » dis-je.

Je ne pouvais pas m'empêcher de sourire. Elle avait beau être grognon parce qu'elle était énorme, son bébé était un signe d'espoir pour toute la planète. Comme pour l'accouchement imminent de Kristin, tout le monde était nerveux. Même si Wyatt était le premier enfant de la planète, Kristin et Rachel seraient les premières à accoucher sur la Colonie, les premières femmes à être arrivées par le Programme des Épouses Interstellaires. Tous les guerriers étaient aussi impatients que leurs compagnes.

Kristin, Hunt et Tyran n'étaient pas là. Ils se terraient sans doute dans leur appartement pour nourrir leur compagne entre deux orgasmes.

Quelle chanceuse !

Maxime et Ryston regardaient Rachel de près. Ryston fit un pas vers nous, mais Rachel le chassa d'un geste de la main. Il ne semblait pas ravi d'être rejeté et il continua à veiller sur elle de loin.

« Eh bien, tes compagnons sont très grands, dis-je. C'est logique que ton bébé le soit aussi.

— Oui, enfin, ce serait plus facile si la crevette ne me donnait pas des coups comme un boxer. »

Rachel grimaça et fit signe à ses compagnons de s'en aller, visiblement agacée par leur prévenance excessive.

Je ris et jetai un coup d'œil à la zone située derrière le bâtiment principal de la Base 3. C'était une aire plane couverte de bancs et d'arbres, de fleurs venues des quatre coins de l'univers et d'une herbe douce. Le parc servait aux activités en plein air, désormais. Nous regardions Wyatt courir autour de plusieurs guerriers. Après tous ces mois, une routine s'était créée, et de nombreux guerriers de la Colonie venaient ici après le déjeuner pour la récréation de l'après-midi. La récréation. C'était Rachel, Kristin et moi qui l'avions nommée ainsi, comme sur Terre. Mais je ne savais pas trop à qui était destinée cette récréation. Personne n'aurait su dire qui s'amusait le plus, Wyatt ou les guerriers atlans, prillons, vikens ou humains que mon fils traitait comme une salle de sport sur pattes.

Un Atlan gigantesque n'arrêtait pas de se changer en bête avant de reprendre sa forme initiale en poursuivant Wyatt, qui criait et riait si fort qu'il était tout rouge. Ce son emplissait mon cœur de joie et d'amour. Kiel quitta le groupe d'hommes qui jouaient au ballon, un sport proche du football américain, mais avec des règles que je ne comprenais pas. Il attrapa Wyatt et le jeta en l'air. Mon fils poussa un cri ravi.

« Encore, papa ! »

Je me mordis la lèvre et tentai de ne pas laisser l'émotion me submerger. Wyatt s'était tout de suite mis à appeler Kiel papa. Dire que mon compagnon considérait mon petit garçon comme son fils était évident. Il était protecteur et attentionné et il avait déjà commencé à lui apprendre les coutumes des Chasseurs. La petite marque sur la paume de Wyatt indiquait qu'il avait les gènes nécessaires pour suivre la même voie que Kiel. Un jour. Pour l'instant, je me satisfaisais de le voir passer d'épaules en épaules. Il fallait qu'il grandisse un peu avant de pouvoir chasser les méchants.

Rachel aussi était en train de regarder le groupe de guerriers jouer et elle frotta son ventre gonflé avec un sourire.

« Je crois qu'à la naissance, mon fils aura déjà la taille de Wyatt. »

Je lui tapotai la main.

« Ce sera peut-être une fille. Ta *fille* aura déjà la taille de Wyatt. »

Rachel étouffa un rire.

« Pitié, ne parle pas de malheur.

— Tes compagnons auront de sacrés ennuis avec une petite fille, » renchérit ma mère.

Elle était assise de l'autre côté de moi, mais elle s'était penchée vers Rachel. À côté d'elle était assise la mère de Ryston, qui avait emménagé sur la Colonie quelques mois avant notre arrivée. Comme elles avaient à peu près le même âge, elles s'étaient tout de suite bien entendues et étaient très proches, bien qu'elles viennent de deux planètes différentes.

« Oui, une fille changerait tout, par ici, dit la mère de Ryston. Tous ces hommes ont besoin de plus de présence féminine, même si ce n'est qu'un bébé. »

Rachel leva les yeux au ciel.

« La pauvre petite. Une égratignure et mes compagnons deviendraient fous. »

Ma mère rit, et je vis quelques têtes se tourner dans notre direction. Ma mère était encore quarantenaire et, depuis notre arrivée ici, elle s'était épanouie. Pas de stress. Une nouvelle amie. Elle paraissait dix ans de moins et elle rayonnait. J'avais le pressentiment qu'il ne faudrait pas longtemps avant qu'un guerrier ne lui fasse la cour. La mère de Ryston était prillonne, et je ne la connaissais pas bien, mais elle marchait d'un pas de reine, et aucun des guerriers n'avait encore osé l'approcher. Mais maintenant que ses deux compagnons étaient morts, le fait qu'elle soit en deuil ne lui épargnerait pas les avances pour toujours. Elle n'était pas trop vieille pour refaire sa vie. Les deux femmes avaient peut-être passé l'âge d'être mères, mais beaucoup de guerriers plus âgés recherchaient simplement de l'affection et de la compagnie.

« Avec les trois nouvelles compagnes qui se trouvent sur la Base 5, j'ai le sentiment que la Colonie sera bientôt pleine de bébés, » dis-je avec une pointe de fierté.

Les vidéos que j'avais fournies à la gardienne Égara commençaient à faire leur effet. Davantage de terriennes s'inscrivaient au Programme des Épouses et demandaient à être envoyées sur la Colonie. Toutes les nouvelles venues étaient accueillies à bras ouverts. D'abord sur la Base 3, avec l'arrivée de Rachel. Et à présent, sur la Base 5. Bientôt, les autres bases recevraient également leurs premières épouses.

« Vous avez fait du bon boulot, avec la gardienne Égara, dit ma mère. J'ai entendu dire qu'une mère célibataire avec une fille de dix ans venait d'arriver sur la Base 5.

— Quoi ? »

Je n'étais pas au courant, mais ça ne me surprenait pas. La gardienne avait hâte que les guerriers de la Colonie soient accouplés, surtout maintenant que mes articles à propos de la vie sur la Colonie étaient en train d'être publiés. Chaque semaine, j'envoyais à la gardienne le portait d'un nouveau guerrier, avec une interview. L'image de la Colonie était meilleure que jamais. Et la gardienne avait demandé au gouvernement terrien de permettre aux mères célibataires de se porter volontaires.

« J'ai envie de les rencontrer, dis-je.

— La Base 5 est à l'autre bout de la planète, » me rappela la mère de Ryston.

Effectivement, ce n'était pas tout près. Mais bon... les téléporteurs existaient pour une bonne raison, non ?

« Ce bébé fait au moins la taille de Wyatt, voire celle d'un enfant de dix ans, grommela Rachel en caressant son gros ventre. Je me fiche que ce soit un garçon ou une fille, mais je veux qu'il sorte. »

Je ris, tout comme les deux mères plus âgées, et ce son flotta dans l'air jusqu'aux guerriers. La petite exclamation de douleur de Rachel était à peine plus forte qu'un murmure alors qu'elle appuyait sur son ventre avec force, juste sous les côtes.

Maxime et Ryston se retournèrent, le regard sombre, et ils se précipitèrent vers leur compagne.

« Ça va ? »

Rachel leva les yeux au ciel.

« Tout va bien. Votre bébé aime jouer au foot avec mes côtes, c'est tout.

— Tu veux de l'eau ?

— Un oreiller ? »

Ses compagnons se mirent à énumérer toutes les choses dont elle pourrait avoir besoin.

« Les garçons, ça suffit. Je vous promets de vous prévenir quand le moment sera venu, en vous disant, *le moment est venu.* »

Vu leurs yeux plissés et leurs bras croisés, ses compagnons n'aimaient pas sa réponse. Ryston se pencha et souleva Rachel dans ses bras comme si elle était légère comme une plume, pas enceinte d'un bébé de la taille d'une pastèque.

« Les garçons ? Tu ne nous traitais pas de *garçons*, hier soir, grogna son compagnon en se dirigeant à grands pas vers la porte qui menait aux habitations. Je crois que tu me traitais plutôt de dieu. On va te remettre les pendules à l'heure.

— Mesdames, » dit Maxime en s'inclinant vers nous et en nous adressant un clin d'œil, avant d'aller rejoindre sa famille.

Vu son pas rapide, il devait être aussi impatient de séduire sa compagne que son second.

« Ces guerriers ne pensent qu'à ça, » dit ma mère.

Je ne pus m'empêcher de rougir. Il était hors de question que je parle de ça avec elle, surtout que mon compagnon était l'un des guerriers en question et qu'il ne pensait effectivement qu'à ça.

Mon injection contraceptive ne faisait plus effet, et nous espérions avoir un bébé, nous aussi. Kiel mettait tout son cœur à la tâche, surtout la veille au soir. C'était peut-être pour ça que j'étais si fatiguée, aujourd'hui. Au lieu de me joindre aux jeux des autres, je me contentais d'observer.

Kiel vint nous rejoindre, en tenant Wyatt tête en bas

par les chevilles. Il le posa délicatement sur les genoux de sa grand-mère.

« Tu es plein de sueur, lui dit-elle.

— Je chassais une bête atlane, répondit mon fils.

— Et tu l'as attrapée ? demanda ma mère en lui chatouillant le ventre.

— Bien sûr. Wyatt est un excellent Chasseur, » intervint Kiel.

Mon fils rayonnait, et une partie effrayée de moi s'apaisa. J'avais eu si peur pour mon fils, quand je l'élevais toute seule, que j'essayais de remplir tous les rôles pour lui. J'avais fait du mieux que j'avais pu, mais je m'inquiétais toujours de ne pas lui suffire. D'échouer.

Désormais, nous avions Kiel. J'avais un compagnon qui nous adorait, moi et mon fils. Et Wyatt était son fils, à présent. Je lisais l'amour que Kiel lui portait dans ses yeux, dans la patience dont il faisait preuve, dans la façon dont il s'agenouillait pour se mettre à la hauteur de notre fils quand il lui parlait, comme si le petit garçon était le centre du monde. Comme si Wyatt *comptait* vraiment pour lui.

Le petit menton de Wyatt s'avança dans l'expression butée qu'il tenait déjà de son père, et je cachai mon sourire derrière ma main.

« Quand je serai grand, je deviendrai le meilleur Chasseur de tous les temps. Pas vrai, papa ?

— Oui. Le meilleur. »

Ils se mirent à discuter, et je cessai de les écouter, car je n'avais d'yeux que pour Kiel. Il s'approcha de moi et se pencha pour poser les mains sur les accoudoirs de ma chaise de jardin.

« Salut, compagne.

— Salut, murmurai-je.

— Je crois que le gouverneur et son second ont eu une bonne idée. »

Je haussai un sourcil.

« Ah oui ?

— Une petite récréation en intérieur. »

Mes tétons durcirent en entendant le timbre de sa voix.

Je jetai un regard à Wyatt.

« Ta mère veut d'autres petits-enfants. »

Ma mère se mit à sourire, mais elle garda la tête tournée vers Wyatt jusqu'à ce que Kiel hausse la voix :

« Je me trompe ?

— Au moins trois, répondit ma mère sans nous regarder. »

Elle était peut-être en train de parler avec Wyatt, mais elle nous écoutait.

« Vous pouvez garder Wyatt pendant que je m'y emploie ? » demanda-t-il à ma mère.

Il soutenait mon regard et me souriait. Je devais être rouge comme une tomate.

« Kiel, marmonnai-je.

— Bien sûr, prenez votre temps, répondit ma mère. Faites les choses bien. Essayez d'avoir des jumeaux.

— Maman ! »

Je riais à moitié lorsque Kiel me souleva, comme Ryston l'avait fait avec Rachel.

« C'est l'heure de la récréation pour maman et papa ! dit Kiel à Wyatt, qui hocha la tête avec enthousiasme.

— Je veux un frère, annonça mon fils.

— Oh, mon Dieu, dis-je avec un coup de poing inefficace dans le torse de Kiel alors qu'il me portait dans le bâtiment. Tout le monde va savoir ce qu'on fait. »

Je le sentis hausser les épaules.

« Et alors ? S'ils veulent une compagne, ils n'ont qu'à s'en trouver une à eux. Tu es à moi. »

Ces quatre petits mots sortirent comme un grognement qui me fonça droit sur le clitoris.

Je me détendis dans ses bras et posai les mains sur son menton pour qu'il me regarde.

« Je t'aime, tu sais ?

— Moi aussi, je t'aime, ma magnifique compagne. »

OUVRAGES DE GRACE GOODWIN

Programme des Épouses Interstellaires

Domptée par Ses Partenaires

Son Partenaire Particulier

Possédée par ses partenaires

Accouplée aux guerriers

Prise par ses partenaires

Accouplée à la bête

Accouplée aux Vikens

Apprivoisée par la Bête

L'Enfant Secret de son Partenaire

La Fièvre d'Accouplement

Ses partenaires Viken

Combattre pour leur partenaire

Ses Partenaires de Rogue

Programme des Épouses Interstellaires: La Colonie

Soumise aux Cyborgs

Accouplée aux Cyborgs

Séduction Cyborg

Sa Bête Cyborg

ALSO BY GRACE GOODWIN

Interstellar Brides® Program

Mastered by Her Mates

Assigned a Mate

Mated to the Warriors

Claimed by Her Mates

Taken by Her Mates

Mated to the Beast

Tamed by the Beast

Mated to the Vikens

Her Mate's Secret Baby

Mating Fever

Her Viken Mates

Fighting For Their Mate

Her Rogue Mates

Claimed By The Vikens

The Commanders' Mate

Matched and Mated

Hunted

Viken Command

Interstellar Brides® Program: The Colony

Surrender to the Cyborgs

Mated to the Cyborgs

Cyborg Seduction

Her Cyborg Beast

Cyborg Fever

Rogue Cyborg

Cyborg's Secret Baby

Interstellar Brides® Program: The Virgins

The Alien's Mate

Claiming His Virgin

His Virgin Mate

His Virgin Bride

Interstellar Brides® Program: Ascension Saga

Ascension Saga, book 1

Ascension Saga, book 2

Ascension Saga, book 3

Trinity: Ascension Saga - Volume 1

Ascension Saga, book 4

Ascension Saga, book 5

Ascension Saga, book 6

Faith: Ascension Saga - Volume 2

Ascension Saga, book 7

Ascension Saga, book 8

Ascension Saga, book 9

Destiny: Ascension Saga - Volume 3

Other Books

Their Conquered Bride

Wild Wolf Claiming: A Howl's Romance

CONTACTER GRACE GOODWIN

Vous pouvez contacter Grace Goodwin via son site internet, sa page Facebook, son compte Twitter, et son profil Goodreads via les liens suivants :

Abonnez-vous à ma liste de lecteurs VIP français ici :
bit.ly/GraceGoodwinFrance

Web :
https://gracegoodwin.com

Facebook :
https://www.visagebook.com/profile.php?id=100011365683986

Twitter :
https://twitter.com/luvgracegoodwin

Goodreads :
https://www.goodreads.com/author/show/15037285.Grace_Goodwin

Vous souhaitez rejoindre mon Équipe de Science-Fiction pas si secrète que ça ? Des extraits, des premières de couverture et un aperçu du contenu en avant-première. Rejoignez le groupe Facebook et partagez des photos et des infos sympas (en anglais). INSCRIVEZ-VOUS ici :

http://bit.ly/SciFiSquad

À PROPOS DE GRACE

Abonnez-vous à ma liste de lecteurs VIP français ici : **bit.ly/GraceGoodwinFrance**

Vous souhaitez rejoindre mon Équipe de Science-Fiction pas si secrète que ça ? Des extraits, des premières de couverture et un aperçu du contenu en avant-première. Rejoignez le groupe Facebook et partagez des photos et des infos sympas (en anglais). INSCRIVEZ-VOUS ici : http://bit.ly/SciFiSquad

Grace Goodwin est auteure de best-sellers traduits dans plusieurs langues, spécialisée en romans d'amour de science-fiction & de romance paranormale. Grace est persuadée que toutes les femmes doivent être traitées comme des princesses, au lit et en dehors, et elle écrit des romans d'amour dans lesquels les hommes savent s'occuper d'une femme et la protéger. Grace déteste la neige, adore la montagne (oui, c'est un vrai problème) et aimerait pouvoir télécharger directement les histoires qu'elle a en tête, plutôt qu'être contrainte de les taper. Grace vit dans l'Ouest des États-Unis, c'est une écrivaine à plein temps, lectrice insatiable et accro invétérée à la caféine.

www.ingramcontent.com/pod-product-compliance
Lightning Source LLC
LaVergne TN
LVHW011826060526
838200LV00053B/3911